나는
안드로메다
아이다

나는 인디고 아이다

조선우 지음

책읽는귀족

차례

오컬티즘(Occultism)

이 말은 원래 '숨겨져 있는 사물에 대한 과학'을 의미했다. 심지어 중세 유럽에서도 근대 과학의 선구자들이었던 철학자들도 자신들의 과학을 오컬티즘이라고 불렀다. 왜냐하면 그들의 과학은 보통사람들에게는 알려져 있지 않았기 때문이다. 예를 들면, 독일인인 알베르투스 마그너스와 영국인인 로저 베이컨이 있다.

－『운명의 바람 소리를 들어라』 중에서

1장

만남

"탁탁, 톡톡."

작은 공간 안에 이 가느다랗고 나지막한 소리가 간간이 들려온다. 아까부터 계속 책상 위를 볼펜으로 이유 없이 두드리고 있는 아이. 수업시간 내내 딴짓이다. 내가 이 아이를 알게 된 건 올해 봄부터였다. 지금 가을을 지나는 무렵이니까 몇 달을 지켜본 셈이다. 항상 창밖을 보고 멍을 때리고 있거나, 초점 잃은 눈동자는 칠판을 향해 있어도 한곳에 머물지 않는다.

내가 이 지방의 소도시에서 보습학원 강사를 해온 지는 일년이 다 되어 간다. 대학을 졸업하고 나서 잠시 정착한 이곳에서 나는 중학생 국어와 논술을 가르치고 있다. 이 아이의 이름은 J이다. 늘 수업에 집중하지 않지만, 어쩐지 이 아이를 혼내고 싶지는 않았다. 자기만의 세계 속에서 꿈을 꾸는 듯한 표정이 해맑아서다.

여느 때처럼 수업이 끝나자, 아이들은 인사를 하고 우르르 교실 밖으로 빠져나갔다. 마치 썰물이 밀려 나가듯이 작은 교실을 가득 채우고 있던 아이들 열댓 명이 사라졌다. 그런데 오늘따라 한 명이 남아 있었다. 바닷가에서 파도에도 쓸려나가지 않는 작은 소라처럼 그 자리를 지키고 있었다. J였다. J는 나와 눈이 마주치자, 내게로 다가와서 이렇게 말했다.

"선생님, 오늘 시간 좀 되세요? 저, 선생님께 상담을 좀 드릴게 있어서요."

나는 그 아이를 찬찬히 다시 바라보았다. 사실 학원 강사와 학생들 사이에는 학교 선생님과는 조금은 다른 미묘한 기운이 흐른다. 엄밀히 말하면, 스승과 제자라기보다는 자본주의 사회에서 수요자와 공급자의 관계일뿐, 수업 이외에 굳이 상담까지 해줄 필요는 없다.

하지만 이 아이에겐 뭔가 정말 특별한 사연이 있을 것만 같은 얼굴이라, 외면할 수 없었다. 나는 웃으면서 대답했다.

"음, 무슨 일이 있어? 그래, 선생님이 J에게 시간을 내줄게."

우리는 동네 카페로 자리를 옮겼다. 같이 걸어가면서도 J는 계속 쫑알거렸다. 수업 때와는 달리 눈동자에 초점이 돌아왔고, 얼굴은 밝아졌다.

"선생님은 여느 학원 선생님과는 좀 다른 것 같아요. 수업 때도 재미있는 이야기도 많이 해주시고, 저희를 잘 이해해주시는 것도 같고요. 그래서 선생님이 좋아요."

나는 그 틈을 놓치지 않고 물었다.

"그래? 그런데 수업시간 내내 딴짓하던데? 수업은 재미가 없니?"

J는 겸연쩍은 듯 웃으며 대답했다.

"제가 공부에는 별로 관심이 없어서요. 재미있는 이야기를 해주실 때만 집중이 되거든요."

나는 더 이상 J를 채근하지 않았다. 그 나이에 공부가 재미없는 건 어쩌면 당연한 일일 텐데, 한편으로는 이해가 되었다. 그리고 여기저기서 잔소리를 많이 들을 텐데, 나까지 나서서 스트레스를 보태줄 필요가 없을 것 같아서다. 야단쳐서 될 거라면 이 세상에 공부를 안 할 아이가 어디 있을까. 스스로 깨달을 때까지는 다 부질없는 짓이다.

드디어 나와 J는 주문하고 자리를 잡았다. 나는 우유를 주문했고, J도 우유를 주문했다.

"아, 선생님도 우유를 좋아하시네요. 저랑 똑같네요."

J가 웃었다. 나도 따라 웃었다. 내가 J에게 물었다.

"J는 요즘 무슨 일에 제일 관심이 있어? 수업 내내 다른 생각 하는 것 같던데."

J가 대답했다.

"네, 사실 학원은 엄마가 다니라고 해서 그냥 형식적으로 다니는 거예요. 그리고 수업 때도 그냥 앉아 있는 거고요. 저는 공부에 관심이 없어요. 왜 공부해야 하는지 잘 모르겠어요. 전 그 이유를 알아야 공부를 할 수 있을 것 같아요."

J의 맑은 눈동자에 눈을 맞추며 다시 물었다.

"그럼 오늘 상담할 내용이 공부에 대한 거야? 공부해야 하는 이유 같은 거?"

J는 내 말이 다 끝나기도 전에 고개를 절레절레 흔들었다.

"아, 선생님. 그건 아니고요. 그것보다 저 자신에 대한 거예요. 어디에도 말할 수 없고, 친구들에게도 말하려니 괜히 놀림감이 될 것도 같아서요. 다른 어른들에게도 말했다가는 자칫 절 정신이 이상한 아이로 오해할까 싶어서요."

J의 이 말에 나는 정신이 번쩍 들었다. 좀 긴장이 되었다고 할까. 뭔가 색다른 고백일 것 같아서였다. 무슨 이야기일까?

과연 내가 감당할 수 있는 이야기일까. 조금 겁이 났다. 나는 정식 상담 교사도 아닌데, 잘 상담해줄 수 있을까. 이런 고민을 하는 걸 J가 눈치를 챘는지 나를 보고 활짝 웃으며 말했다.

"선생님, 걱정하지 마세요. 선생님께 해결책을 말해달라는 이야기는 아니에요. 누군가에게 털어놓기만 해도 좋을 것 같아서예요. '임금님 귀는 당나귀 귀!'라고 외치고 싶은데, 선생님이 그 갈대숲이 되어주세요. 그거면 충분해요."

나는 J의 이 말에 조금은 마음이 놓였다. 그리고 이렇게 말했다.

"그래, 그런 거였어? 그럼 맘껏 이야기해보렴. 내가 잘 들어줄 테니."

J는 고개를 끄덕거리며 나에게 물었다.

"선생님, 선생님은 인디고 아이라는 말을 들어보신 적이 있으세요?"

나는 J의 이 물음에 갑자기 멍해졌다. 그리고 '인디고 아이'라는 말을 머릿속으로 곱씹어보았다. 언뜻 떠오르지 않았다. 그래서 이렇게 대답했다.

"글쎄다. 갑자기 물으니까 잘 모르겠네. 들어본 것도 같고, 아닌 것도 같고. 어디선가 보긴 본 것도 같은데, 구체적인 건

떠오르질 않네."

J는 나의 얼굴을 빤히 쳐다보면서 갑자기 얼굴을 바짝 대며 작은 목소리로 속삭였다.

"선생님, 제가 바로 그 인디고 아이예요."

나는 멀뚱멀뚱 J를 바라보았다. 인디고 아이라……, 그게 뭔지 내가 지금 잘 모르는데, 뭘 어쩌라고. 뜬금없는 이 고백에 나는 할 말이 없었다. 겨우 내뱉은 말이 이거였다.

"인디고 아이? 음, 그래서?"

J는 살짝 실망한 표정이었다. 그렇지만 계속 말을 이어갔다.

"음, 선생님. 어떻게 들릴지는 모르지만, 인디고 아이는 별에서 온 아이예요. 흔히 보통은 창의성이 많은 아이라고 말하는데, 그거보다 더 중요한 건 정말 별에서 온 존재라는 거죠."

J의 이 말에 나는 깜짝 놀랐다. 지금 이게 무슨 상황일까. 이 아이는 SF소설에서나 나올 만한 이야기를 지금 내게 자기 이야기인 것처럼 말하고 있는 건 아닐까. 나는 좀 혼란스러워졌다. J는 나의 이 어리둥절한 표정에 조금 표정이 어두워졌다. 그래도 J는 꿋꿋하게 자기 이야기를 계속했다.

"선생님, 좀 당황스러우시죠? 그래도 절 이상한 아이로 생각하지 마세요. 제가 그냥 상상으로 지어낸 이야기가 아니에요. 그래서 제가 아무에게도 이런 이야기를 하지 못한 거예요. 혼자만 알고 있자니, 저도 누군가와 저에 관해 이야기하고 싶었어요. 진짜 저에 관한 이야기를 하고 싶은 거죠. 누구와 이야기 나눌 사람이 없었어요. 선생님, 제가 상담자를 잘못 찾은 건 아니죠?"

나는 일단 정신을 차렸다. 그래, 길 잃은 어린 양이 나에게로 와서 손을 내밀었는데, 내가 외면할 수 있을까. 설사 이 아이가 상상 속에서 지어낸 이야기라고 하더라도 들어주자. 이 아이의 눈에는 진정성이 가득했다. 나는 J와 다시 진지하게 눈을 맞추고 나서 입을 뗐다.

"그래, J야. 잘 찾았어. 나도 다른 세계, 혹은 별나라 다 믿어. 어린 왕자도 B612라는 자기 별에서 온 거잖아. 그게 동화든 뭐든 우리가 믿는다면, 우리 머릿속 세계에서 그렇다면 그 세계는 어떤 의미로든 존재하는 셈이지."

J가 풀이 죽은 채 말했다.

"아, 선생님은 제가 말하는 걸 동화나 상상쯤으로 아시나 봐요. 더 자세한 이야기를 들려드리려고 했는데, 아직 선생님이 준비가 덜 되었나 봐요. 오늘은 여기까지만 말할게요."

나는 J에게 실망을 준 게 못내 미안했다. 결국은 나도 다른 어른들과 마찬가지로 아이들의 세계에는 마음의 문을 닫고 있는 걸까. 나 자신에게 실망이었다. 나는 다시 마음을 다잡고 J에게 결의에 찬 목소리로 이렇게 말했다.

"J야, 미안하다. 내가 준비가 덜 되어서. 하지만 난 네 이야기를 진지하게 들어줄 마음의 준비는 되어 있어. 만일 지금까지 안 되어 있다면 이제부터라도 할게. 나, 이제 준비되었어. 더 이야기해봐."

J는 나의 이 말에 얼굴이 다시 밝아졌다. 나도 마음이 놓였다. 길 잃은 어린 양이 다시 길을 잃어버리게 해선 안 되니까 말이다. J는 계속 이상한 이야기를 나에게 털어놓았다.

"선생님, 사실 저는 혼자 있을 때도 다른 사람들의 이야기가 들려요. 그리고 귀신도 보이고요."

나는 J의 이 말에 절망스러웠다. 이런 증세는 바로 정신과에서 진단한다면 아마도 정신분열증이라고 할 텐데. 요즘 용어로 하자면, 조현증이라고 할 거다. 환청과 환각 증세를 J는 지금 내게 말한 게 아닌가. 나는 다시 혼란스러워졌다. J를 정신과에 데리고 가야 하는 건 아닐까 심히 고민스러웠다. 나는 J에게 대뜸 물었다.

"그럼 너는 그런 소리와 모습 때문에 괴롭거나 무섭니?"

나는 내가 알고 있는 모든 정신의학적 지식을 총동원하여 물어보았다. J는 해맑게 웃으며 대답했다.

"아니에요, 선생님. 괴롭거나 무섭지는 않아요, 전혀. 그냥 신기하죠. 그래서 누군가와 이런 이야기를 하고 싶었던 것뿐이에요. 다른 사람들도 저와 같은지, 혹은 비슷한 사람이 있는지 알고 싶기도 해서요."

나는 다시 더 뭐가 뭔지 모를 것 같았다. 나의 짧은 지식으로는 조현증 환자들은 환청과 환각 증세 때문에 일상생활에 지장을 받거나 괴로워한다고 알고 있었다. 그래서 병적 증세인 거였다. 일상을 방해하니까. 그런데 평소 J를 봤을 때도 그렇고, 지금 J가 자기 이야기를 할 때도 평온함 그 자체였다. 나는 일단 안심이 되었다. 당장 정신과로 J를 데리고 가지는 않아도 될 것 같아서였다. 그리 시급한 문제는 아닌 것 같았고, 일단 J의 이야기를 들어보기로 했다. 그리고 그다음에 어떻게 할 것인지 생각해보기로 했다. 나는 J에게 다시 물었다.

"언제부터 그런 현상들이 있었니?"

나는 차마 '환청'이나 '환각'이라는 단어는 사용할 수 없었다. '환청'이나 '환각'은 존재하지 않는 것을 듣거나 본다는 의미여서, J의 자존심에 심각한 상처가 될 수 있기 때문이다. 내가 J의 말을 진짜 믿는 게 아니라는 걸 증명하는 말들이니, 조심할 수밖에 없었다. J는 내가 자기의 말에 관심을 보이자, 좀 더 적극적으로 자기 이야기를 털어놓았다.

"선생님, 저는 여섯 살 때부터 이상한 꿈을 꾸기 시작했어요. 아마 그전에도 꿈을 꾸긴 했겠지만, 지금 기억나는 건 그 나이 무렵이에요. 귀신이 보이기 시작한 건 초등학교에 들어가고 부터죠. 거실에 나오면 까만 옷을 입은 사람이 커튼 뒤에 숨어 있곤 했어요. 처음 봤을 때는 너무 무서웠죠. 그래서 친구들에게 말하니까 헛것을 본 거라고 했어요. 저도 그렇게 믿었고요. 그런데 가끔씩 계속 보이는 거 있죠? 자주 보니까 그다지 무섭지는 않아요. 아주 잠깐 나타났다가 사라지니까, 실제로 별로 위협도 안 된다는 걸 알았거든요. 그걸 깨달은 후부터는 잠깐 놀라긴 해도 무섭지는 않아요. 그러려니 해요. 갑자기 보이니까 그 순간 놀랍지만, 자주 일어나는 일이라 이제 익숙해졌어요. 그냥 신기할 뿐이죠."

나는 J의 이 경험담이 놀랍기만 했다. 그렇다. 누구에게나 모두 일어나는 일은 아니니까 말이다. 나는 고개만 천천히 끄덕여주면서 J의 말에 계속 집중했다. J는 정말 갈대숲에 대고 말하듯이, 내게 열심히 자기 이야기를 들려줬다.

"선생님, 저는 또 사람들이 저에 대해 말하는 목소리가 들려요. 그 모습도 눈앞에 보여요. 예를 들면, 하루는 제가 거실에 혼자 앉아서 창문 밖을 보고 있었어요. 그런데 눈앞에 친구의 모습이 보이면서 그 친구가 자기 엄마랑 제 이야기를 하는 게 보였어요. 대화의 전체 이야기는 들리지 않았지만, 중간중간 끊기듯이 한 단어나 문장이 들리는 거예요. 다행히 저를 욕하는 이야기나 분위기는 아니었어요. 그런데 그것도 순식간에 일어나는 일이었죠. 길게 이어지진 않아요. 뭐든."

나는 멍해졌다. 이건 뭐지? 예전에 TV에서 하던 미국 드라마 주인공인 소머즈라도 되는 걸까? J의 말을 곧이곧대로 믿는다면 J는 초능력자다. 아니면 병자든가. 하지만 조현병 환자치곤 정말 너무 멀쩡한 상태다. 물론 내가 그쪽 분야 전문가가 아니라서 확신할 수 없지만, 적어도 일상생활을 너무 자연스럽게 하고 있으니 J가 무조건 조현병에 걸린 거라고 할 수는 없을 것 같았다. 더구나 나의 얕은 지식으로는 환청을 들을 때 조현병 환자는 다 자기 욕을 하고 비난을 해서 괴로움을 당하는 것으로 아는데, J는 너무 멀쩡하게 말하고 있지 않은가. 나는 너무나 헷갈렸다. 하지만 이 길 잃은 어린 양에게 상처를 주고 싶지 않아서, 계속 진심을 다해 들어주기로 했다. 나는

J에게 물었다.

"그럼 J야. 네가 처음에 말했던 그 인디고 아이와 이런 현상들이 무슨 관련이 있다는 거니? 네가 인디고 아이라는 건 언제부터 알게 된 거야?"

나의 이 물음에 J의 눈빛은 반짝이기 시작했다. 거의 일 년 동안 내가 보았던 J가 아닌 것처럼 보였다. 늘 멍을 때리고만 있던 J의 눈동자는 하늘의 별처럼 빛이 났다. 이윽고 J가 천천히 입을 열었다.

"선생님, 바로 그거예요. 제가 이런 증세들 때문에 고민하던 때였어요. 다른 사람들은 저 같은 경험이 없다는 걸 알고 좀 충격이었거든요. 그래서 책들을 찾아 읽기 시작했죠. 닥치는 대로 읽었어요. 저와 같은 사람들이 있는 걸 찾고 싶었죠. 비슷한 경험을 가진 사람들의 이야기를 알고 싶었어요. 무슨 책이든 다 읽기 시작했어요. 그런데 근래에 드디어 찾은 거예요. 바로 '인디고 아이들'의 존재를 알게 된 거였어요. 이 세상에는 저 말고도 저와 같은 사람들이 아주 많다는 걸 알게 된 거죠!"

J의 이 말에 걱정과 두려움이 사라져가기 시작했다. J가 미친 건 아닐 거라는 믿음이 조금씩 생겼다. J의 눈빛을 봐도 수업시간에 멍을 때리는 것 이외에는 흠 잡을 게 없는 아이였다.

물론 내가 그 아이의 일거수일투족을 다 아는 건 아닐지라도, 대학생 때 과외를 하고 학원 강사를 하면서 여러 아이를 겪어 본 나로서는 몇 번 보기만 해도 그 아이의 상태를 대략은 짐작할 수 있었으니까 말이다. 내가 아는 한에서는 J가 정신병이 있는 불안정한 상태는 아니었는데, 오늘처럼 이런 뜻밖의 이야기를 들으니 처음에는 많이 놀랐던 것이다. 이런 생각을 하고 있는데 휴대폰 벨 소리가 들렸다. J의 폰이었다. J는 휴대폰을 보더니 내게 말했다.

"선생님, 엄마 전화네요. 너무 늦었나 봐요. 저, 오늘은 이만 들어가 볼게요. 다음에 또 시간 내주실 수 있죠?"

J의 이 말에 나도 정신이 퍼뜩 들었다. 벌써 몇 시간이 흘러가 있었다. J와 이야기를 나누느라 시간이 이렇게 지나간 지 몰랐다. 나는 J를 보고 말했다.

"그래, 얼른 들어가 봐. 어머님이 걱정하시겠다. 다음부터는 늦는다고 말씀드리고 오렴."

J는 고개를 끄덕이며 전화를 받으면서 황급히 뛰어나갔다. 나는 그런 J의 뒷모습을 물끄러미 바라보다가 천천히 나도 자리에서 일어났다. 좀 멍해졌다. 기분이 묘했다. 마치 다른 세계 속에 있다가 내가 사는 현실 세계로 돌아온 느낌이었다.

이날, 집으로 돌아와서 나는 인디고 아이에 대해 검색해보기 시작했다. 일단 J의 상태가 염려되었고, 그 아이가 말하는 인디고 아이의 실체에 대해 알아야 하기 때문이었다. 내가 준비된 상담자로서 J를 만나려면 먼저 인디고 아이에 관해 공부해야 했다. 그래야 J의 이야기에 내가 대비를 할 수 있을 테니까.

인터넷을 통해 알아본 정보에 의하면 충격적이었다. 인디고 아이는 실제로 존재했다. J가 말한 대로 정말 '별에서 온 아이들'이었다. 학자들이 연구하고 실체가 있는 존재였다. 처음으로 이 아이들에 관해 관심을 가지고 연구를 시작한 학자는 미국의 도린 버추(Doreen Virtue) 박사였다. 미국의 심리학자이면서 심리 치료사인 도린 버추 박사가 아이들의 심리를 연구하면서 인디고 아이들을 발견해낸 거였다. '인디고(Indigo)'를 사전에서 찾아 보면 '남색, 쪽빛'으로 나온다. 도린 버츄 박사가 아이들을 상담하면서 몇몇 아이들에게서 공통적으로 뿜어나오는 오라 색깔이 바로 남청색이라서 이 아이들에게 '인디고 아이'라는 이름을 붙였다는 것이다.

이미 서양에서는 이런 인디고 아이들에 관한 연구가 활발해서 2002년과 2003년에는 국제회의까지 열린 적이 있었다고 한다. 놀라운 이야기였다. 그리고 이런 인디고 아이들을 인류의 새로운 인종으로까지 규정해놓았다는 사실이다.

나는 인디고 아이들에 대해 알아가면 알아갈수록 J의 얼굴이 더 뚜렷하게 보이기 시작했다. 처음 J의 이야기를 들었을 때 잠시라도 내가 그 아이를 오해했던 게 정말 미안했다. '어른'이라는 이 사회적 껍데기는 편견과 오만이라는 매우 딱딱한 재질로 이루어진 셈이다. 나는 우선 J가 평소 수업에 집중하지 않는다는 사실 하나만으로 그 아이에 대해 편견이 있었다. 그 말을 신뢰하지 못했고, 또 어른인 내가 중학생인 J보다는 판단력이 더 있을 거라는 오만함에 가득 차 있었다. 그래서 심리학적 얕은 상식으로 판단의 잣대를 미리 갖다 댔던 거다.

우리는 이렇게 아이들에 대해 섣부른 판단을 얼마나 자주 하며, 얼마나 많은 상처를 주고 사는 걸까. 한때는 우리도 그 시절을 보냈던 적이 있었던 걸 까맣게 잊어버린 건지. 한때는 우리도 바로 그들이었던 것을.

나는 도란 버츄 박사가 알아차렸다는 인디고 아이들의 정체가 매우 궁금해졌다. 그 아이들이 어떤 특징이 있는지 알아야 J의 상담을 제대로 해줄 수 있을 것 같았다. 굳이 상담은 아니더라도, 적어도 J의 이야기를 알아들으려면 사전 지식이 탑재

되어 있어야만 했다. 그뿐만 아니라, 나도 이젠 완전히 인디고 아이들의 존재에 빠져들기 시작했다. 아니, 우리 인류에게 이런 신인류, 새로운 종족이 있다는 말이야? 놀랍기만 했다.

도린 버츄 박사에 따르면, 인디고 아이들은 신에게서 부여받은 능력이 있다고 한다. 그렇다면 신의 존재를 믿어야 하나. 이쯤에서 나는 또 혼란스러워지기 시작했다. 무신론자인 내가 인디고 아이를 이해하려면 그 전제조건으로 신의 존재를 일단 받아들이고 가야 하는 걸까. 이러한 딜레마에 빠졌다. 나는 생각의 벽에 부딪히자, 잠시 원점에서 다시 생각하기 시작했다. 그래, 모든 것을 다 알 필요도 없고, 이해할 필요도 없다. 그냥 일단 지나가자. 도린 버츄 박사도 탐구하는 과정이니까, 그 이야기를 백 퍼센트 다 신뢰할 필요도 없지 않나. 참고만 하자. 그래야 앞으로 나아갈 수 있으니까 말이다. 일단 나는 인디고 아이가 누구인지, 어떤 존재인지 알아야만 했다. 그래야 J의 이야기도 이해할 수 있으니까. J의 갈대숲이 되어줄 수 있으니까 말이다.

그리고 신이란 존재는 여러 각도에서 이해할 수 있다. 신에 대한 정의를 포괄적으로 하고 가면 그뿐이다. 신은 여러 종교에서 말하는 구체적 대상일 수도 있지만, 또 다른 의미에서는 그냥 이 우주 자체, 우주의 원리 같은 추상적인 대상일 수도 있기 때문이다. 그건 아무도 확정지어 말할 수 없는 거고, 아직 아무도 정확하게 밝혀낸 적도 없다. 각자가 자기의 세계 안에서 믿는 그 생각 안에서 신은 존재할 수도 있다. 나는 무신론자로서 일단은 이 신의 존재를 그냥 우주의 어떤 힘, 혹은 에너지로 생각하기로 했다. 이렇게 생각을 정리하고 나니까, 그다음에 나오는 인디고 아이들에 관한 이야기가 잘 들어왔다.

도린 버츄 박사는 인디고 아이들이 1970년대부터 태어났고, 대부분은 1980년 이후에 지구로 왔다고 했다. 이 아이들은 태어나면서 사색하는 철학자나 창의적 재능을 가진 과학자, 발명가, 예술가의 자질이 있다고 한다. 특히 태어나는 시대에 따라서 그 재능의 종류가 좀 다른데, 1970년대에 태어난 인디고 아이들은 철학자의 기질이 많고, 그 이후에는 예술가적 재능이 있다고 한다.

나는 J를 떠올려보았다. J는 내가 언뜻언뜻 본 바로도, 보통 아이들과 달랐다. 그 분위기와 느낌도 사실 평범한 아이들과 달랐다. 하지만 그저 조금 특별한 느낌이 나는 아이라고 생각했지, 인디고 아이라는 것을 나는 알지 못했다. 나 자신이 인디고 아이의 존재를 알지 못했으니까 말이다. 하지만 이제 인디고 아이들의 특징을 보고 나니, 게다가 J가 그토록 자기 자신을 찾아 헤매어서 얻어낸 결론이라고 하니 나도 J가 인디고 아이가 아닐까 하는 생각이 들었다.

일단 앞으로 J의 이야기를 더 들어보기로 했다. 그럼 해답이 나오지 않을까. 적어도 J의 충실한 갈대숲은 되어줄 수 있을 것이다. 길을 잃었을 때, 누군가의 도움이 필요할 때 그 길에 함께 서 있는 것만으로도 위안이 되어줄 수 있다. 누군가 내게 손짓했을 때 나는 기꺼이 그 손을 잡아줘야 할 것이다. 그 대상이 어린 양이라면 더 말할 것도 없다. 아직 더 성장해야 하고, 삶의 길에서 더 먼 여행을 가야 할 어린 양이라면 더더욱 그럴 것이다.

나는 도린 버츄 박사가 찾아낸 인디고 아이들의 특징을 좀 더 살펴보기로 했다. 인디고 아이들은 권위적인 명령이나 지시를 죽기보다 싫어한다고 한다. 권위주의적이고 기계적인 교육 시스템을 견뎌내지 못한다고 한다. 그래, 특별히 이런 아이들이 있다. 선생님의 지시나 학교의 규율에 쉽게 적응하고 잘 따르는 아이들이 있는 반면에, 그걸 못 견디는 아이들이 있다. 하지만 이런 아이들이라고 모두 다 인디고 아이는 아닐 것이다. 그저 인디고 아이의 특성 중 하나일 거다.

　이쯤에서 나는 도린 버츄 박사가 알려주는 이야기에 멈춰 섰다. 그래, 도린 버츄 박사는 인디고 아이들을 찾아낸 사람이다. 그리고 그 존재에 대해 이름을 붙이고, 개념을 정리한 학자이다. 하지만 본인이 인디고 아이는 아닌 거다. 만일 정말 J가 인디고 아이라면 그 본인에게서 직접 듣는 게 더 진실에 가깝지 않을까. 우리가 어떤 곤충에 대해 알고 싶다면 그 곤충을 연구한 학자보다는 그 곤충에게서 직접 이야기를 듣는 게 더 좋은 것과 마찬가지처럼. 물론 곤충이 말을 할 수 있다면 말이다. 하지만 인디고 아이는 우리와 의사소통을 할 수 있고, 말을 할 수 있다. 그러니까 그들을 연구하는 학자보다는 그 아이 스스로가 말하는 이야기를, 자신의 이야기를 듣는 게 더 나을 것이다. 나는 그 자리에서 멈췄다. 그리고 J를 다시 만나 이야기를 듣게 되길 기대했다.

　사실 찾아보니 인디고 아이와 관련된 책들은 더러 있었다. 하지만 그 저자들이 모두 인디고 아이를 연구한 학자이거나, 혹은 가르친 선생님들이었다. 인디고 아이가 쓴 책은 없었다. 인디고 아이가 본인 이야기를 한 책은 없는 것 같았다. 그렇다면 나는 J에게 직접 이야기를 듣자. 그리고 그 이야기를 기록

해둬야겠다.

그런데 생각해보니, 예전에 '인디고 아이'에 대해 얼핏 어디서 본 것 같은 기억이 새삼 들었다. 대학교 때 교직 과목을 들었을 때 교육 심리 시간이었던가, 어디선가 그 단어를 본 기억이 얼핏 들었다. 어떤 책을 읽고 과제물을 작성해야 했을 때, 그 책 속 어딘가에 창의적인 아이들의 특징이 있었고, 그 아이들에 관련한 이야기 중에 '인디고 아이'라는 말을 보았던 기억이 언뜻 났다.

그래서 J가 나에게 인디고 아이에 관해 이야기했을 그 단어가 아주 낯설지는 않았던 거였다. 가물거리는 기억을 더듬어 올라가 보자니, 그 책에서도 인디고 아이들은 창의적인 기질 때문에 기존의 교육 시스템에 적응을 못 해 사회의 낙오자가 될 수도 있다는 이야기가 있었던 것 같다. 아주 특별한 아이들로서 어른들은 남다른 관심을 갖고 그 아이들을 잘 이끌어줘야 한다는 것이다. 인디고 아이들은 잘 이끌어주면 우리 사회에 도움을 줄 수 있는 탁월한 재능을 발휘하고 살지만, 내버려두면 이 사회의 고정화된 시스템에 적응을 못 해서 낙오자가 된다는 거다.

J가 다시 떠올랐다. J처럼 늘 수업시간에 집중을 못 하고, 딴

짓하고 딴생각을 하면 시간이 손가락 사이로 모래처럼 빠져나 갈 것이다. 그 나이 때는 모든 게 영원할 거라고 생각한다. 그 리고 시간이 영원히 자기를 위해 기다려줄 거라고. 하지만 세 상의 시간은 정해져 있고, 제때 그 할 일을 못 하면 영영 기회 는 주어지지 않는다. 그리고 자신에게 있는 특별한 재능이 영 원히 빛을 발할 거라고 생각한다. 하지만 모든 일은 흥망성쇠 가 있고, 촛불이 타들어가듯 그 생명력은 서서히 줄어들고 있 다는 걸 망각한 채 살아간다. 왜냐하면 아직 그 나이 때는 생 명력이 끝없이 뻗어나니까 알지 못하는 거다. 우리는 우리가 걸어가는 그 순간이 영원할 거라고 생각한다. 그게 바로 인생 의 비극이다. 착각은 비극을 낳는다.

J를 떠올렸다. J는 해맑은 얼굴에 맑은 눈동자를 가진 아이 다. 그 아이의 눈빛을 보면 설사 그 아이가 인디고 아이가 아 닐지라도 얼마나 영특한 아이인지 알 수 있다. 자기가 노력하 면 그 무엇도 가질 수 있을 만큼 빛이 나는 아이인데, 그 빛나 는 시간을 그 아이는 지금 흘려보내고 있다. 물론 이것도 어른 의 시각일지 모른다. 왜 자기 자신을 찾아가는 그 시간을 '흘 려보낸다'고 말하고 있을까. 그러나 먼저 살아온 인생 선배로 서 '세상의 법칙'을 무시할 수는 없으니까. J가 이 시간을 세상

의 법칙과 담을 쌓고 그냥 자기 안에서만 길을 찾는다면 나중에 세상 밖으로 나갈 길은 잃어버리게 될 걸 아니까. 세상으로 나가는 길을 어느 정도는 열어놓고 자기를 탐구해야 한다.

하지만 지금 J는 자기가 누구인지 알아야 공부를 할 수 있는 것 같다. J는 보통 아이들과 달라서 자기가 품은 그 해답을 알아야 그다음을 향해 나아갈 수 있는 정신적 시스템을 가진 모양이다. 이런 아이가 자기 재능을 맘껏 발휘할 수 있도록 내가 해줄 수 있는 게 무언지를 생각해보았다. 비록 우리가 학원 강사와 학생, 즉 학교에서 배우는 지식을 보충해주는 공급자와 그 수요자로 만난 사이라고 할지라도 나는 J가 내민 손을 뿌리쳐선 안 되는 거였다. J의 재능이 우리가 사는 이 세상에 쓰임이 되도록 나는 최소한의 시간은 내줘야 할 거다.

이런 생각을 하고 있는데 톡이 왔다. J였다.

J : 선생님, 잘 들어가셨어요? 오늘 감사했어요.

나 : J야, 잘 들어갔니? 늦게 가서 괜찮았니?

J : 네, 선생님에게 논술에 관해 질문할 게 있어서 따로 상담받았다고 말씀드렸어요.

나 : 그래, 아무튼 다행이구나.

J : 그런데 선생님, 혹시 이번 주말에 뭐 하세요? 저랑 공원에서 오전에 같이 산책하시는 건 어떠세요?

나 : 그래, 좋아. 나도 네 이야기를 더 듣고 싶구나.

J : 그럼 주말에 뵐게요.

나 : 그래, 그때 보자.

불을 끄고 침대에 누웠다. 잠을 청했다. 그러나 J와 나눈 대화며, 또 인터넷에서 읽은 인디고 아이에 관한 이야기가 계속 머릿속을 맴돌며 잠이 오지 않았다. 지중해 빛깔을 닮은 에메랄드색 독서등을 켰다. 그러자 밤바다를 비추는 등대 불빛처럼 어둠을 몰아냈다. 그 불빛 아래서 나는 폰을 다시 꺼내 들었다. 그리고 인디고 아이에 대해 좀 더 읽기 시작했다.

인디고 아이들은 창조적 사고를 요구받지 않은 채 단지 기계적으로 암기하는 공부 방법을 싫어한다고 나와 있었다. J가 왜 그토록 수업시간에 집중을 못 하는지 더 이해가 되었다. 그동안 나도 너무 암기 위주로만 가르친 건 아닐까? 하지만 나름 아이들이 잘 이해할 수 있도록 가르쳤건만, 우리 교육 시스템에선 한계가 있다. 게다가 나는 학원 강사로 아이들 시험 성적을 높여야만 실력 있는 강사로 인정받아서 어쩔 수 없었다고 핑계를 대고 싶었다. 하지만 좀 더 고민해야 하지 않았을까. 이런 생각들이 오갔다.

언제쯤 우리의 교육은 바뀔까. 자기 생각과 의견을 펼쳐야 할 논술마저도 우리는 암기 과목처럼 되어버린 마당에 J와 같은 아이들은 어디서 숨을 쉴 수 있을까. 우리 아이들에게 좀 더 창의적인 사고를 길러주는 논술 교재를 내가 한번 써야 하는 건 아닐지. 나는 밤새 이런저런 생각이 많이 들었다.

인디고 아이들은 또 자신의 솔직한 감정을 속이거나 가식적으로 좋은 척하는 행동을 못 한다고 한다. 한마디로 투명한 유리 같은 존재들이다. 속과 겉이 같은 존재. 위선을 떨지 않는 사람들이다. 그러나 이 아이들이 어른이 되어서 계속 이 사회에서 살아가려면 어느 정도는 위선을 떨고 가식을 떨어야 할 텐데. 잘 적응할 수 있을까. 걱정되었다. 맑은 물에는 고기가 살지 않는 것처럼 사회에 나가서 과연 주변 사람들과 잘 지낼 수 있을지. 그래서 이 아이들이 자기만의 세계를 지키고 재능을 펼칠 수 있도록 예술 계통 일을 해야 하는 건 아닐까 싶다.

문득 〈어디 갔어, 버나뎃〉이라는 영화가 떠올랐다. 케이트 블란쳇이라는 배우가 주인공인 이 영화는 예술가적 기질의 사람이 어떻게 살아야 하는지 잘 보여준다. 이 영화에서도 주인공은 인디고 아이들처럼 주변 사람들에게 직설적으로 말을 한다. 그래서 다른 사람들과 섞여 원만하게 살지 못한다. 계속 갈등이 일어난다. 마음에 있는 말을 그대로 한다. 가식을 떨 줄모른다. 이런 기질을 가진 사람이 어떻게 살아야 자신의 빛을잃지 않고 사는지 이 영화는 아주 잘 보여준다. 뜬금없는 소리같지만, 이 영화를 보고 나면 어쩐지 남극에 가고 싶어진다.

밤이 깊어갔다. 밤이 땅을 파고파다가 끝에 다다랐다. 바닥을 치고 올라가 다시 새벽이 되었다. 어슴푸레한 빛이 커튼 사이로 비춰들었다. 산이 높을수록 골이 깊어지고, 골이 깊을수록 산은 높다. 이게 우리가 사는 이 우주의 원리다. 인디고 아이들이 자기를 찾는 방황을 하면 할수록 그 아이들은 강해질거다. 끝까지 포기하지만 않는다면 바닥을 치고 올라가 빛을찾을 것이다. J도 그럴 거다. 그 길에서 J는 나에게 손을 내민거다. 그리고 나는 그 손을 잡았다.

침묵의 소리

보아라! 그대는 빛이 되었다.
그대는 소리가 되었다.
그대는 그대의 스승이자 그대의 신이다.
그대는 그대가 찾는 대상인 그대 자신이다.
결코 변하지 않고 죄가 없으며
일곱 가지 소리가 하나로 합쳐진
영원토록 울려 퍼지는
끊어지지 않는 소리인
'침묵의 소리(VOICE OF THE SILENCE)'이다.

－『운명의 바람 소리를 들어라』중에서

2장

비밀

주말이 되자, J와 나는 동네 공원에서 만났다. 나는 J 덕분에 운동 삼아 나갔다. J 이야기도 듣고 오랜만에 공원 산책도 하고 맑은 아침 공기를 마시자는 생각에서였다. 이른 아침이었는데도 운동이나 산책을 하러 나온 사람들이 많았다. 자전거를 타기도 하고, 보드를 타는 아이들도 있었다. J와 나는 사람들이 좀 덜 다니는 산책길을 따라서 천천히 걷기 시작했다. 내가 먼저 이야기를 시작했다.

"J야, 그날 너와 이야기를 나누고 집에 가서 인디고 아이를 좀 찾아봤단다. 정말 그런 아이들이 있던데? 그것도 심리학 박사가 연구하는 주제더구나."

나의 이 말에 J가 활짝 웃었다.

"그러셨군요. 선생님은 정말 좋으신 분 같아요. 제 이야기를 진심으로 잘 들어주시고 감사해요. 이렇게 또 시간도 내주시고 말이에요. 사실 인디고 아이들이 좋은 사람과 악한 사람을 금방 잘 구별해내거든요. 저도 선생님을 보자마자 선생님이 좋은 분이라는 걸 알아차렸어요. 인디고 아이들은 태어나면서부터 그런 능력이 있대요."

나는 J의 이 말에 한바탕 웃었다.

"그래? 정말 네 눈에 내가 좋은 사람으로 금방 느껴졌어? 다행이네. 인디고 아이 눈에 내가 그렇게 보였다면 정말 그런 거겠지?"

나는 크게 웃으면서 농담 반, 진담 반으로 말했다. 그러자 J가 진지한 표정이 되면서 말을 이었다.

"선생님, 정말이에요. 제가 TV에서도 연예인들이 나올 때 이상하게 느낌이 안 좋은 사람이 있으면 꼭 그 사람이 나중에 사고를 크게 치는 기사가 나와요. 저는 사실 그 연예인을 전혀 모르잖아요. 그런데도 처음 보자마자 그 사람이 좋은 사람인지, 나쁜 사람인지 느껴져요. 처음에는 그냥 우연이라고 생각했거든요. 하지만 나중에 그런 일이 너무 자주 맞아떨어지는 거 있죠? 어느 때부터는 친구들에게 제가 이야기를 해줬어요. 나중에 저 사람 틀림없이 사고 칠 거라고. 인성이 나쁜 사람 같아 보인다고요. 그럼 친구들은 그 연예인이 아주 인기가 많아서 나 보고 다들 뭐라고 그랬어요. 절대 그럴 리가 없다고요. 그런 사람 아니고, 얼마나 순수하고 순박한 사람인데 하고 편을 들었죠. 그 애들도 그 사람에 대해 아무것도 모르면서 눈에 보이는 이미지만 보고 말이에요. 그런데 웬걸요. 나중에 엄청난 일들이 터져 나오는 거 있죠? 아주 인간으로서 해서는 안 될 쓰레기 같은 말과 행동을 하는 일들이 수면 위로 폭로될 때가 있어요. 그럼 아이들은 나보고 다들 어떻게 알았냐고 놀라죠."

나는 J의 말을 듣고 또 농담 반으로 이렇게 말했다.

"그럼 J야, 너는 관상을 잘 보는 거구나, 하하."

J가 세차게 고개를 좌우로 흔들었다.

"에이, 선생님. 그게 아니라니까요. 제가 관상을 보는 게 아니라, 그냥 그 사람에게서 기운이 느껴진다는 거죠. 나쁜 기운이요. 그 사람 영혼의 색깔이 보인다고 하면 이해가 되나요? 저는 어떤 사람을 보면 그 사람에게서 뿜어나오는 에너지 색깔이 느껴져요. 악한 기운인지, 선한 기운인지를 알 수 있어요."

나는 J의 진지한 표정으로 다시 정신을 차렸다. 맑은 공기를 마시면서 가볍게 좀 대화를 해볼까 했는데, 자칫 J에게 상처가 될 수도 있다는 생각이 들었다. 나도 곧 농담조로 말하는 걸 거두고, 진지하게 대답했다.

"그렇구나. J에게는 신기한 능력이 있구나. 그래도 사람을 금방 알아봐서 좋겠어. 좋은 사람, 나쁜 사람을 보자마자 구별할 수 있어서, 나쁜 사람은 피해갈 수 있으니 말이야."

그제야 J도 빙긋 웃었다. 그리고 말했다.

"그러게 말이에요. 귀신을 가끔 봐서 좀 놀라기도 하지만, 이런 능력은 정말 유용하기도 한 것 같아요. 인디고 아이들은 정말 타고난 능력이 남다르죠. 저도 처음엔 저 혼자만 이렇게 특별한 능력이 있는 것 같아서 고민이 많았는데, 세상에 저 같은 사람들이 또 많다니 뭐 이젠 고민스럽진 않아요. 달리기를 잘하게 태어난 사람도 있듯이, 그저 우리 인디고 아이들은 이런 능력을 타고난 것뿐이니까요."

나는 J의 이런 의젓한 말에 한편으로는 놀랐다. 남들과 다르면 우리 사회는 항상 별종으로 취급해서 겁이 날 텐데, 이렇게 스스로 극복해내다니. 이토록 멘탈이 강한 것도 인디고 아이들만의 특징인 걸까. 나는 점점 인디고 아이들에 대해 더 관심이 생겼다. 그리고 바로 그 인디고 아이, J가 내 앞에 있다는 게 어떤 의미에서는 감사하게까지 느껴졌다. 이런 생각을 하는데, J가 다시 내게 말을 했다. 이번에는 목소리를 살짝 낮추면서 속삭이듯 말했다.

"선생님, 그런데 제가 비밀 하나를 알려드릴까요?"

나는 '비밀'이라는 단어에 어쩐지 더 호기심이 발동해서 나도 모르게 목소리를 같이 나지막하게 낮췄다.

"그래, 무슨 비밀? 선생님도 갑자기 굉장히 궁금해지는데. 아직도 더 큰 비밀이 있다는 거야? 네가 귀신을 보고, 멀리 있는 친구의 음성도 듣고 모습도 보는 것 외에 더 비밀이 담긴 이야기가 있어?"

나의 이 말에 J는 까르르 웃었다. 이럴 때 보면 정말 그저 순수한 중학생 딱 그 나이 또래의 아이였다. 요즘 아이들이 아무리 어른 흉내를 내고, 또 기계 문명이 발달해서 어른보다 학습 능력이 더 뛰어나다고 하더라도 아이는 아이였다. 그 나이만이 가지는 감성과 순수함은 그 어떤 것도 갉아 먹을 수 없다. 그런데 그 순간, J는 나에게 또 엄청난 비밀을 털어놓았다.

"선생님, 인디고 아이들은 말이에요. 부모의 몸을 빌려서 우주가 보낸 신의 아이들이래요. 그리고 인디고 아이들의 임무는 보통 사람들이 보지 못하는 그 뒤에 가려진 진짜 세계를 다른 사람들에게 보여주는 것이래요. 사람들이 보이는 것에만 눈이 팔려 그 뒤에 보이지 않는 세계를 볼 수 없는데, 그 장막을 걷어서 그 뒤에 무엇이 있는지 보여주려고 온 것이라고 해요. 그게 우리 인디고 아이들이 이 세상에 온 이유예요."

나는 또 멍해졌다. 그렇다면 인디고 아이들이 재림 예수라도 된다는 말인가. 또 헷갈렸다. 나는 잠시 심호흡을 하고 나서 J에게 물었다.

"그럼 너희들이 신의 사도라는 거야? 너네들이 재림 예수라도 되는 셈이니?"

J가 머리를 도리도리 흔들었다.

"아니에요, 선생님. 예수는 신의 아들이라 신의 존재죠. 우리는 신이 보낸 아이들이고 임무가 있다는 거지, 우리가 신이라는 건 아니죠. 선생님은 국어를 가르쳐서 이해력이 좋은 줄 알았는데, 하하. 너무 오버하는군요. 하하하."

나는 J의 이 말에 머쓱해졌다. 그래서 다시 침착하게 물었다.

"그럼 그 신이라는 존재는 어디에 있는 거야? 누구지? 어떤 존재야?"

J가 대답했다.

"음, 그게 바로 비밀이죠. 선생님, 저는 사실 우주로부터 계속 메시지를 받고 있어요. 처음에는 그게 어떤 의미인지 몰랐어요. 그런데 제가 인디고 아이라는 걸 알고부터 그게 우주로부터 오는 어떤 메시지라는 걸 깨달았어요. 그전에는 어떤 기운이 계속 저를 감싸고 있는 걸 느꼈지만, 그게 뭔지는 확실히 몰랐거든요. 게다가 제게 어떤 능력이 있는 거예요. 제가 간절히 바라면 그게 꼭 이루어지는 거죠."

내가 놀라서 물었다.

"구체적 예를 든다면 어떤 거지?"

J가 또 까르르 웃었다.

"아, 선생님. 이럴 때 보면 정말 논술 수업시간 같아요. 논술시간에도 선생님은 항상 논리적인 글이 되려면 어떤 주장을 하고, 그에 따르는 구체적 사례를 꼭 제시해야 한다고 하셨잖아요. 직업은 정말 못 속이나 봐요. 하하하."

난 또 머쓱해졌다. 그래도 궁금해져서 J의 이야기를 재촉했다.

"어쨌든 그 예를 한번 들어봐. 궁금해."

J는 다시 진지하게 말했다.

"선생님, 제가 처음 제 능력을 눈치챈 건 말이에요. 어느 날이었어요. 제가 카페에 가서 아이스 아메리카노를 주문했는데, 다시 생각해보니 카라멜마끼아또가 너무 마시고 싶은 거예요. 그런데 이미 주문이 끝났고 그 메뉴가 딱 나왔어요. 이젠 바꿀 수는 없고, 다시 주문해야 하는데, 제가 학생이고 용돈이 넉넉한 것도 아니라, 그렇게 할 수가 없었어요. 그렇지만 그냥 그 순간 카라멜마끼아또가 아주 간절하게 마시고 싶은 거예요. 정말 그 간절함이 하늘을 찌를 만큼 절정에 올랐을 때에요. 그때 그 직원이 실수로 제가 주문했던 아이스 아메리카노 컵을 놓쳐서 바닥으로 쏟아진 거예요. 몹시 놀란 직원이 허둥지둥하면서 제게 사과하며 금방 다시 만들어주겠다고 했죠. 그때를 전 놓치지 않고 말했어요. 메뉴를 바꾸면 안 될까요, 하면서요. 당연히 된다고 하더라구요. 그래서 전 아이스아메리카노 대신에 당당하게 카라멜마끼아또를 주문해서 마셨어요. 너무 신기한 일이었어요."

나는 J의 이야기를 듣고 있다가 조심스럽게 말했다.

"J야, 그런 일은 가끔 다른 사람들에게도 일어나는 우연이 아닐까?"

나의 이 물음에 J는 예상했던 질문이라는 듯이 즉시 대답했다.

"선생님, 저도 처음에는 그렇게 생각했어요. 우연이라고. 그래서 그리 깊게 생각을 하지 않았거든요. 그런데 그 이후로도 그런 일들이 너무 자주 일어나는 거예요. 물론 모든 상황에서 SF영화처럼 그렇게 시시때때로, 자유자재로 제가 모든 것들을 통제할 수 있는 건 아니지만, 분명 그런 신기한 일들이 자주 일어나는 거예요. 관건은 제가 정말 간절히, 간절히, 아주 몹시 간절히 바라는 그 순간이 맞아떨어져야 한다는 거죠. 그걸 나중에 점점 체득하게 된 거예요."

나는 이 말을 듣고 이렇게 말했다.

"정말 신기한 일이구나. 또 다른 일들은 없었니?"

J는 신나는 표정을 지으면서 다시 말을 이었다.

"네, 선생님. 안 그래도 더 말씀드리려고 했어요. 제가 또 다른 신기한 사례를 들어볼게요. 선생님이 논술 시간에 구체적 사례는 여러 개 들어도 된다고 하셨으니, 또 해볼게요. 제가 저번에 말했잖아요. 친구들이 이야기하는 게 보이고 들린다고요. 그것처럼 제 눈앞에, 그러니까 정확하게 말해서 앞이마 그 위치쯤에 말이에요. SF영화처럼 허공에 떠 있는 스크린에서 이미지들이 보이듯이 친구의 모습이 떠서 순간적으로 보이는 거예요. 집에 있을 때 말고 거리를 걷고 있을 때도 그랬어요. 그런데 딱 3초 뒤쯤에 바로 그 친구가 제 등 뒤, 좀 멀리서 제 이름을 부르는 거였어요. 그래서 뒤를 돌아봤더니 그 친구였어요. 당연히 전 깜짝 놀랐죠. 전 그 친구를 거기서 만날지도 몰랐고, 거기 올지도 몰랐고, 뒤에 있는지조차 몰랐거든요. 그런데 그런 일들이 너무 자주 일어나는 거예요. 물론 전 처음에는 우연의 일치라고 생각했죠. 하지만 반복될수록 점점 우연이 아니라는 생각에 이르게 된 거죠."

나는 J의 이야기를 자꾸 들을수록 신기했다. 그 이야기에 빠져들어 가는 것 같았다. 나는 J가 거짓말을 하고 있지 않다는 걸 알 수 있었다. 그 눈동자를 보면 사람이 거짓말을 하는지, 참말을 하는지 대략 알 수 있는 법이다. 거짓말을 할 때는 흔히 사람들은 표정이나 행동에서 아주 미세한 떨림이 있거나, 균열이 생긴다. 자세히 관찰해보면 알 수 있다. 이건 심리학책에도 나오는 이야기다. 그런데 '확신범'이라는 게 있다. 자기 자신이 그 이야기를 실제로 믿은 채 거짓말을 하면 아무런 균열이 안 생긴다. 그래서 범죄자 중에도 이런 확신범들은 거짓말탐지기까지 통과해버리는 것이다. 나는 J가 이러한 심리적 확신범이라는 생각도 들지 않았다. J는 겉과 속이 정말 투명한 아이 같았다. 그래서 자기를 속이는 일도, 남을 속이는 일도 하지 않는 아이라는 걸 알았다. 그렇다면 J는 정말 신비스러운 존재인 인디고 아이일까. 아니면 J의 인생에는 우연한 일들이 자주 일어나는 걸까. 나는 아직 백 퍼센트 확신에는 이르지 못했다. 이런 생각을 하는데, J가 더 즐거워하면서 이야기를 계속했다.

"선생님, 선생님 표정을 보니까 좀 미심쩍어하시는 것 같네요, 하하하. 그럼 제가 이런 구체적 사례를 더 이야기해볼게요. 그래야 더 설득력이 있는 글, 아니 말이 되겠죠? 하하하."

나는 고개를 끄덕였다. 그리고 이렇게 말했다.

"음, 그래. 더 이야기해보렴. 어쨌거나 참 신기하구나. 그리고 너는 이야기를 참 조곤조곤하게 잘하는구나. 재밌어. 계속 들려줘."

J는 기분이 좋아 보였다. 역시 칭찬은 고래도 춤을 추게 하고, J마저도 들뜨게 만드는구나. 하긴 내가 없는 이야기를 한 건 아니었다. J는 정말 이야기꾼이었다. 아무리 자기 이야기라고 해도 이렇게 술술, 막힘없이 이야기를 풀어내는 아이는 좀처럼 없었다. 이 아이의 재능에는 이런 것도 속하는 게 아닐까. 이런 재능은 인디고 아이들의 모든 공통적 특징일까. 나는 아직 거기까진 결론을 내릴 수 없었지만, 어쨌든 계속 J의 이야기에 귀를 기울였다. 그래야 나의 궁금증이 모두 풀릴 것 같

아서였다. 그리고 정말 J의 이야기는 마치 소설을 읽는 듯이 재밌었다.

"선생님, 진짜 신기한 이야기를 해드릴게요. 놀라지 마세요. 어느 날 제가 문서를 출력해야 할 일이 있었어요. 그런데 시간이 굉장히 촉박했거든요. 급하다 보니 버튼을 잘못 눌러서 다른 과제물이 출력될 찰나였어요. 하지만 마법 같은 일이 일어났지 뭐예요. 그 순간 전 너무 절박해서 기절할 만큼 힘들었는데, 마치 마법이 일어나는 것처럼 제가 원했던 바로 그 문서가 출력되는 거였어요. 정말 신기했어요. 이건 직원이 커피를 쏟는 것과는 달리, 뭔가 설명할 수 없는 일이었어요. 정말 평생 그런 일은 처음이었거든요. 어떻게 문서가 다른 게 출력될 수 있죠? 이건 도저히 설명할 수 없는 일이었어요. 그런데 제가 간절히 그 순간 원했던 일이 일어난 거죠. 아직까지도 그 이유를 합리적으로 설명할 수는 없어요. 하지만 분명 일어났다는 거죠, 그 일이."

나는 이 이야기를 듣고 할 말을 잃었다. 정말 J의 말대로라면 어떻게 그런 일이 일어난 것일까. 마치 보이지 않는 손이 작용하듯 그 일을 돕지 않았다면 말이다. J의 이야기는 들으면 들을수록 더 신기했다. 나도 그 신기한 이야기에 중독이라도 된 듯이 자꾸만 더 듣고 싶어졌다. 그래서 내가 물었다.

"J야, 더 신기한 이야기는 없니? 하긴 이것보다 더 신기한 이야기가 있을까. 이번 이야기도 너무 놀라운 사건이야."

J가 의기양양한 표정을 지으며 대답했다.

"선생님, 더 놀라운 이야기가 있긴 해요. 그런데 이 이야기는 뭔가 확증할 수는 없어요. 그래도 너무 신기한 경험이라, 혼자 담고 있기는 아까운 이야기에요. 이야기해드릴까요?"

나는 당연히 크게 고개를 끄덕였다. 그리고 마치 아기 새가 어미 새의 먹이를 기다리는 것처럼 호기심이라는 입을 쫘악 벌리고 J의 이야기를 기다렸다. J는 정말 엄청난 이야기를 내게 들려주었다.

"선생님, 이 이야기는 마음을 굳게 먹고 들으세요. 그리고 안 믿으셔도 좋아요. 어쨌든 이야기해드릴게요. 어느 날 제가 여느 때처럼 제 방 침대에서 자고 있었어요. 제 방에는 큰 창문이 있어요. 창밖에는 작은 도로와 맞닿아 있는 인도가 있지요. 그런데 깊은 밤이었는데, 몇 시인지는 정확하게 잘 모르겠어요. 새벽 두세 시쯤 되었을까요. 아무튼 한밤중이었어요. 어떤 물체가, 흡사 우리가 말하는 비행접시 같은 게 창 가까이 다가오는 거였어요. 그래서 전 잠에서 깨어났죠. 너무 무서웠어요. 순식간에 일어난 일이라서요. 그래서 저는 이불을 푹 뒤집어쓰고 오들오들 떨고 있는데, 그 물체가 창 바로 가까이 오는 거였어요. 하늘에 떠 있는 게 보였어요. 밤이라 시커멓긴 해도 비행접시 같은 물체인데, 빛이 거기서 나왔어요. 숨이 막히는 것 같았죠. 설마 했는데, 그 물체가 제가 누워 있는 침대 쪽으로 빛 같은 걸 쏘아댔죠. 그런데 그리 밝지는 않았어요. 눈이 부시거나 하진 않은 거로 보면요. 그리고 그 물체가 창을 박살 내지 않으면서도 바로 근처까지 왔는데, 그 순간 너무 놀랐어요. 그런데 그다음부터는 기억에 없어요. 다음 날 아침에 보니, 전 여전히 침대에 누워 있는 거예요. 선생님, 저도 이게 꿈이라고 생각하고 싶었어요. 당연히 꿈이겠죠. 그런데 그게 아니었어요. 너무 선명하고, 확실히 전 깨어 있었으니까요. 저도 늘 다양한 꿈을 꾸지만, 그리고 그 꿈들을 아는데 꿈과 현실을 구분 못 하겠어요. 꿈이라면 놀라서 확 깨어나야 하는데, 이상하게 그 비행접시가 확 다가오는 이후부터는 아무런 기억이 없어요. 꿈이라면 다른 꿈으로라도 넘어가거나 해야 하는데, 정말 하나도 아무것도 생각나지 않는다는 거죠. 평소 꿈과는 너무 다르고, 너무 생생했어요. 전 솔직히 실제로 일어난 일이라고밖에 생각할 수 없는데, 너무 비현실적 상황이라서 뭐라고 말을 못 하겠네요. 이 이야기는 선생님이 믿으시든, 안 믿으시든 할 수 없는 거죠."

나는 J의 이 이야기를 듣고는 정말 꿈이 아닐까 생각했다. J가 꿈을 꾼 걸 현실처럼 착각하는 건 아닐까 하는 생각밖에 할 수 없었다. 아니면 정말 UFO라도 J를 찾아온 걸까. 그리고 기억을 지워버린 걸까. 그날 밤 J는 미확인 비행물체에 납치라도 되어서 SF영화처럼 빛으로 끌어 올려져 그 비행접시 안으로 들어간 걸까. 그리고 그 기억이 깨끗이 지워지고 다시 침대로 돌려보내진 걸까. 아무리 생각해도 있을 수 없는 일이었다. 그래서 나는 장난기 섞인 목소리로 이렇게 물었다.

"그럼 뭐야, 그 비행접시가 피터팬이 웬디를 만나러 온 것처럼 너를 만나러 창가로 왔다는 거니?"

약간 놀리는 말투로 이렇게 말하니까, J도 포기한 듯 대답했다.

"그러게요. 저도 잘 모르겠어요. 그런데 정말 맹세할 수 있는데, 현실이었어요. 하지만 선생님에게 이 이야기를 믿으라고 강요는 못 하겠네요. 정말 아무리 생각해봐도 저 자신마저 믿지를 못하겠으니까요. 제가 직접 겪었지만, 정말 너무 기억이 깨끗이 지워져 버려서 그 이후에 무슨 일이 일어났는지 아무런 생각도 안 나요. 그러니 그 비행접시가 나타났다는 게 꿈이었다고밖에 생각할 수가 없죠. 하지만 너무너무 생생하고 진짜였어요."

나는 일단 이 이야기는 판단을 유보하기로 했다. J가 거짓말을 하고 있다는 생각은 들지 않았다. 하지만 또 진짜 일어난 이야기라고 믿을 수도 없었다. 마치 서양 현대 철학 중 한 갈래인 현상학을 학문으로 정착시킨 후설이라는 철학자처럼 '판단 중지'를 외칠 수밖에 없었다. 그래, 알 수 없는 일에는 일단 '판단 중지'를 할 수밖에 없는 거다. 하지만 믿을 수 없는 이야기를 하는데도, 나는 J의 이야기에 점점 빠져들었다. 나는 J에게 궁금한 점을 물었다.

"그럼 J야. 그 일이 있고 난 이후로 네게 뭔가 달라진 점은 없었니? 왜 SF영화를 보면 그런 UFO에 한번 갔다가 오면 몸에서 방사능이 검출되거나, 특이한 능력이 생긴다거나, 피부에 빨간 반점이 생긴다거나 그러잖아. 너에게는 특이하거나 이상한 점은 없었니?"

J는 심각한 표정으로 대답했다.

"그게 말이에요. 선생님이 말씀하시는 그런 특이한 점은 없었는데 말이에요. 물론 방사능 같은 거야 제가 검사를 안 해봐서 모르겠지만요. 그날 이후로 우주의 메시지가 더 잘 들렸다는 거죠. 그전까지는 그저 어떤 기운이 제 주위를 맴돌고 있다, 뭐 그 정도 느끼고 살았다면 말이에요. 그날 이후로는 메시지가 들려오는 거예요. 사람의 목소리는 아니었어요. 허공중에 어떤 에너지가 흐르는 것 같기도 하고, 그 에너지가 코드화되어서 제게 그 뜻이 전달되는 거 있죠? 신기한 일인데, 증명할 길은 없어요."

나는 J의 이 이야기를 듣고 더 깜짝 놀랐다. 도대체 이 아이는 무슨 말을 하는 걸까. 나는 도저히 이해할 수 없었다. 허공중에 날아오는 메시지라니. 그것도 사람 말이 아니고, 또 그걸 이 아이는 알아들었다니 내 상식으로는 도저히 그 의미를 알아차릴 수 없었다. 그래서 나는 솔직히 말했다.

"J야, 나는 사실 네가 방금 이야기한 걸 이해하지 못했어. 무슨 뜻인지 좀 더 자세하게 말해줄 수 없니?"

J가 고개를 끄덕였다.

"그래요. 저도 선생님이 이해를 못 하시는 걸 이해해요. 저도 사실 구체적으로 어떤 원리로 그 메시지가 제게 전달되는지 잘 모르니까요. 전혀 모르죠. 다만, 그걸 문학적으로 표현해보자면 말이에요. 자석의 자기장 같은 기운이, 에너지가 제 주변을 작은 강처럼 흐르는 거예요. 그리고 그게 각각 색깔이 있는 거죠. 어떤 날은 예를 들어 빨간색이라면, 또 어떤 날은 파란색이에요. 그게 언어화되어 제게 전달이 되는 거예요. 그 의미가 말이죠. 강물에 색깔이 있는 거예요. 그때그때 다른데, 그게 어떤 의미인지 제게 전해진다는 거죠. 그런데 우리가 사용하는 언어처럼 명확하지는 않아요. 다만, 제가 미래에 어떤 일들이 일어날지 그 흐름을 알게 된다는 거죠. 좋은 일이 일어나는지, 나쁜 일이 일어나는지, 또 그 일들의 강도가 얼마만큼 되는지 그런 메시지가 전달해 오는 거예요."

여기까지 J의 이야기를 듣자, 나는 아까보다는 좀 더 이해가 되는 것 같았다. 그래서 다시 질문했다.

"그럼 J 너는 처음부터 그 메시지를 다 이해했니? 그리고 정말 그 메시지대로 실제 일이 일어난 거니?"

J는 비장하게 고개를 끄덕였다.

"맞아요. 저는 처음에는 대략 이해했죠. 좋은 기운이다, 나쁜 기운이다. 하지만 그 에너지의 파장 강도가 어느 정도 되면 어떤 일이 어떻게 일어나는지 처음에는 알 수 없었죠. 하지만 되풀이될수록 저도 학습을 하는 거예요. 아, 이 정도 에너지 크기면 어느 정도의 좋은 일이 일어나겠다, 혹은 이 정도의 에너지 강도이면 어떤 나쁜 일이 내게 일어나겠다 등등으로 말이에요. 그리고 놀랍게도 다 그대로 일어난 거예요."

나는 이 말을 듣자, 더 큰 충격이 파도처럼 밀려왔다. 그래서 재빨리 궁금한 점을 또 물어봤다.

"그럼 J야. 그 메시지를 받고 금방 그런 일들이 일어났니? 아니면 좀 시간이 지나서 일어난 거니? 그리고 언제쯤 일어날지도 알려주는 거야?"

J는 천천히 고개를 가로저었다.

"아니에요, 선생님. 시간까지는 아직 저도 몰라요. 하지만 삼사일 이상은 안 지나는 것 같아요. 매번 그랬어요. 그런 메시지를 받고는 곧 일들이 일어나지만, 삼사일 안으로 일어났어요. 그리고 시간을 알려주진 않아요. 다만, 자꾸 반복될수록 그 에너지 파장에서 제가 시간을 예측할 수 있는 어떤 법칙 같은 게 조금씩 학습이 되더라고요. 그 이상은 저도 잘 모르겠어요."

J의 이야기는 들으면 들을수록 놀라웠다. 정말 J는 인디고 아이일까. 인디고 아이는 모두 다 J 같은 능력이 있는 걸까.

이런 이야기를 하는 동안, 어느덧 우리는 공원에 있는 호수의 가장 끄트머리까지 와있었다. 공원의 한 바퀴를 다 돌아버린 셈이다. 이윽고 J와 나는 호수가 바라다보이는 공원의 벤치에 나란히 앉았다. 그리고 한동안 아무 말 없이 호수를 바라보고 있었다. 잠시 후, J가 말을 건넸다.

"선생님, 저는 이 호수를 이렇게 바라보고 있으면 마음이 참 편안해져요. 선생님도 그러시죠? 누구나 물을 바라보고 있으면 마음이 평온해지는 것 같아요."

나는 J의 그 말에 대답을 해주었다.

"그래, 예로부터 서양에서도 물은 지혜의 근원이라고 했지. 그리고 동양에서도 도가 사상의 창시자인 노자라는 철학자도 도(道)를 물에 비유하면서 〈도덕경〉에서 이렇게 말했어. 상선약수(上善若水)라고 말이야."

이 말을 듣고, J가 내 얼굴을 빤히 쳐다보면서 물었다.

"선생님, 상선약수가 무슨 뜻이에요?"

나는 대학교 때 동양철학 수업시간에 배운 대로 설명해주었다.

"J야. 도(道)라는 것은 길이라는 뜻이지만, '진리'라는 걸 비유적으로 의미하기도 하지. 노자는 도를 물에 비유하면서 가장 좋은 것은 물처럼 되는 것이라고 말했어. 즉 우리가 세상을 살아갈 때 어떤 삶의 자세를 취할까 고민하잖아. 노자는 물이 만물을 이롭게 하면서도 다투지 않는다고 보았지. 물을 바라보면 그렇게 보이잖아. 네모난 틀에 담아도 물은 네모가 되고, 세모난 틀에 담아도 물은 세모가 되지. 자기 모습을 고집하지도 않아. 그리고 만물의 생명을 싹트게 하고, 세상을 이롭게 하지. 그래서 노자는 우리가 물처럼 살면 제일 좋은 삶의 자세라고 생각했던 거야."

내 설명을 듣자, J는 고개를 끄덕끄덕했다.

"선생님 말씀을 들으니까 이해가 되네요. 노자 선생님이 왜 그렇게 이야기를 했는지도요."

나는 J의 이 말에 조금 더 내 생각을 덧붙였다.

"J야, 나는 바다나 호수를 보고 있으면 그 지혜의 세계 속으로 빠져드는 것 같아. 인간이 왜 동물과 다른지 아니? 바로 삶의 지혜를 깨달을 수 있기 때문이야. 동물은 왜 사는지 고민을 안 하지. 안 할 거야. 강아지나 토끼가 자기가 어디에서 왔는지, 누군지, 어디로 갈 건지 고민할 것 같아? 하지만 인간은 자기가 어디에서 왔는지, 누구인지, 어디로 가는지, 생각하거든. 자기 존재의 근원에 대해서 말이야. 그런 고민의 시간이 잠시는 자기를 힘들게 할 수도 있지만, 멀리 봤을 때는 그런 시간을 가질수록 인간의 내면은 단단해지는 거야."

J가 말했다.

"선생님이 이런 이야기를 해주시는 게 전 너무 좋은 거 같아요. 선생님은 수업시간에도 재미있는 이야기뿐만 아니라, 이런 이야기를 가끔 해주시잖아요. 그래서 저는 선생님이 더 좋아요."

나는 기분이 좋아졌다. 역시 칭찬은 서로에게 영혼의 치료제가 되나 보다.

"그렇구나. 나는 혹시라도 너희들이 연예인 이야기만 좋아해서 이런 이야기에는 관심이 없을지도 모른다고 생각했거든. 하지만 너희들에게 꼭 필요한 이야기라서 가끔 해준 거야. J는 좋아해서 다행이네. 그것도 인디고 아이들의 특징일까? 하하."

그러자 J도 웃었다.

"그러게요. 그럴지도 모르겠어요. 아니, 인디고 아이들은 사색이나 철학적인 이야기들을 좋아한대요. 그렇게 태어났대요. 태어날 때부터 그런 사명을 부여받은 거니까요."

J의 이 말에 내가 대학교 때 철학을 전공했던 게 J 같은 아이들에게 조금이라도 도움이 되는 것 같아 다행이라는 생각이 들었다. 그러고 나서 나는 J에게 물었다. 우리가 아까 나누던 대화가 다시 생각이 나서였다.

"J야, 이젠 내게 더 말해줄 비밀은 없는 거야?"

J가 웃었다. 그리고 말했다.

"선생님은 아직도 비밀에 고프세요? 하하."

나도 따라 웃었다. 그러자 J가 말을 이었다.

"음, 사실 신기한 일들은 더 많죠. 끝이 없을 정도예요. 그렇지만 오늘은 이 정도까지만 이야기할게요. 선생님이 너무 놀라서 감당을 못하실 것 같아서요. 오늘 제 이야기를 들은 것도 다 안 믿으실 거면서요. 그렇죠? 선생님."

나는 순간 움찔했다. J가 내 마음을 꿰뚫어 보는 것만 같아서였다. 이 아이는 사람 마음을 읽는 능력도 있는 걸까. 그런 능력도 인디고 아이들의 재능인 걸까. 인디고 아이들은 알면 알수록 신기했다. 나는 이제 J가 말하는 걸 다 믿지는 않더라도, 최소한 J가 인디고 아이라는 것은 분명히 알 수 있었다. 나는 J에게 물었다.

"J는 친한 친구가 있어? 그 친구들에게 네 존재를 이야기한 적이 있니?"

J가 대답했다.

"네, 선생님. 친한 친구들은 있긴 해요. 하지만 제 이야기를 맘 놓고 이야기할 만한 친구는 없어요. 친구들은 인디고 아이에 대해서도 잘 모르고, 이해를 못 해요. 그냥 SF 이야기거나 미스터리 소재인 줄만 알죠. 그래서 선생님과 이렇게 이야기 하는 것처럼은 못해요. 이런 이야기들을 나눌 수는 없어요. 그래서 제가 요즘 말수가 좀 줄었어요. 친구들은 제가 말하는 걸 이해하지 못할 때가 많아요."

나는 J의 말을 이해할 수 있었다. 그래, 저 나이 때에 J가 말하는 걸 이해할 수 있는 또래 친구들이 과연 얼마나 될 수 있을까. 인디고 아이들이 흔한 게 아니고, 각각 따로따로 지구에 온다면 그들은 얼마나 외로울 것인가. 자기를 이해해주는 사람들이 없어서 그 아이들은 이 지구에서 또 다른 섬에 갇혀 지내는 건 아닐지. 이제까지 J도 마찬가지였을 거다. 하지만 J는 이제 자기의 운명을 알고, 그 섬에서 생활하는 걸 즐기고 있는 것처럼 보였다. 적어도 자신의 그런 외로운 운명을 비관하지는 않고 있으니 말이다.

"J야, 너희 인디고 아이들은 네가 말한 그 임무를 완수해야 하는 거니? 그 임무를 못 깨달으면 어떻게 되는 거지?"

J는 이 질문에 금방 대답해주었다.

"선생님, 인디고 아이들은 그 임무를 깨닫게 되는 것도 타고난 능력이에요. 그걸 못 깨닫는 인디고 아이는 아마 없을 거예요. 그걸 못 깨닫는다면 인디고 아이가 아니겠죠. 하지만 얼마나 강하게 자기 운명을 견디는지 그건 각자 좀 다르겠죠. 그래도 제겐 선생님이 있어서 이렇게 이야기를 나눌 수 있으니 다행이에요. 인디고 아이들도 비슷한 사람끼리 소통하고 싶어 하는 마음은 항상 있어요. 그런데 인디고 아이가 흔한 게 아니니, 어쩔 수 없는 운명이죠."

나는 인디고 아이들이 방황하는 것도 자신의 운명을 발견해 가는 한 과정이라는 생각이 들었다. 하지만 고정관념으로 볼 때 어른들 눈에는 문제아로 보일 수도 있을 거다. 인디고 아이들을 바라보는 그런 오해와 편견에 이제 마침표를 찍었으면 좋겠다. J와 내가 이렇게 대화를 나누는 것도 한편으로는 그 마침표 찍는 시간을 좀 더 앞당기기 위해서일 거다.

별

그대가 태양이 될 수 없거든, 겸손한 행성이 되어라.
그대가 만년설의 순수한 산 위에서 한낮의 태양처럼
타오를 수 없거든, 오, 초심자여! 보다 겸손하고 소박
한 길을 택하여라.

어둠 속에서 길을 걷는 사람들을 위해 길을 밝혀 주는
저녁별처럼, 길을 잃고 헤매고 있는 사람들을 위해 희
미하게나마 '길'을 가리켜 주어라.

－『운명의 바람 소리를 들어라』 중에서

3장

별에서 온 아이

J와 나는 그 후로도 종종 만났다. 학원 수업을 마치고 만나기도 하고, 또 공원에서 산책하기도 여러 번 했다. 그런데 J를 알면 알수록 나는 이 세계와 다른 세계가 정말 존재할지도 모른다는 생각이 들었다. 우리가 지금 보는 세계 너머 또 다른 세계가 있을 거라는 믿음 말이다. J가 귀신을 본다는 게 병적 증상이 아니라, 그 말이 사실이라면 우리가 사는 이 세상과 공존하는 다른 차원의 세상이 분명 존재하는 것이다.

　나는 이번에 J를 만나면 귀신을 본 이야기에 대해 좀 더 자세히 물어봐야겠다고 생각했다. 그동안 너무 황당한 이야기라서 물어볼 생각을 안 했는데, 점점 J가 거짓말은 전혀 하지 않고 있다는 걸 믿게 되었다. 우리는 누구나 어떤 사람과 이야기를 오래 하다 보면 그 사람의 영혼이 느껴지는 법이다. 영혼이라는 게 다른 게 아니라, 그 사람의 마음이나 내면 혹은 정신 세계 같은 거 말이다.

그런데 J는 대화를 나누면 나눌수록 늘 보던 그 해맑은 얼굴처럼 마음도 맑게만 느껴졌다. 하나의 거짓도 없이 때가 묻지 않은 순수함 그 자체였다. 그런 J가 이야기를 꾸며 내거나, 내게 거짓말을 하는 건 이제 상상도 할 수 없었다. 물론 J는 처음에 내가 걱정했던 것처럼 정신분열 혹은 조현병 같은 증세도 없었다. J가 현실 세계에서 설명이 안 되는 이야기를 하는 것 말고는 아무런 다른 불안 증세나 이상한 행동 혹은 말도 없었기 때문이다. 오히려 동화책에서 갓 뛰어나온 주인공처럼 순수하고 해맑았다. 나는 J와 J가 들려주는 이 세상 너머의 이야기들을 더 알고 싶어졌다.

하루는 J가 우리 집으로 차를 마시러 왔다. 나는 학원 근처에 집을 얻어두고 걸어서 집과 학원을 오가곤 했다. 수업을 마치고 같이 집으로 걸어오면서 우리의 대화는 다시 시작되었다.

"J야, 오늘은 어머니에게 늦게 간다고 이야기를 해드렸니?"

J가 웃으면서 고개를 끄덕였다.

"네, 선생님. 오늘도 선생님에게 논술 보충 수업을 받는다고 말씀드렸어요."

나는 싱긋 웃었다.

"그래, 수업은 수업인 것 같다. 하하. 누가 누구에게 수업을 받는 건지는 잘 모르겠지만. 너의 이야기를 듣고 있으면 마치 다른 별나라에서 온 존재에게 그곳 세계에 대해 가르침을 받고 있는 느낌이 가끔 들긴 해."

J가 깔깔대면서 웃었다.

"선생님, 정말이세요? 하긴 제가 별에서 온 아이는 맞죠. 하하하."

나는 그동안 궁금했던, J가 귀신을 본다는 것에 대해 물어보았다.

"그런데 J야, 네가 전에 귀신이 보인다고 했잖아. 그런데 어떤 모습이야? 구체적으로?"

J가 말했다.

"아하! 또 구체적으로요. 하하하. 선생님은 항상 구체적이라는 말을 너무 좋아하시는 것 같아요. 구체적 사례, 구체적 에피소드, 구체적인 모습, 구체적인 상황, 그렇지 않나요? 하하하."

J의 말을 듣고 보니 정말 그런 것 같았다. 습관처럼 굳어졌기도 하고, 실제로 항상 구체적 사례가 궁금했다. 구체적인 게 따라와 줘야 그 대상이 확실히 이해가 되니까 말이다.

"음, 그런 것 같네. 하지만 어떤 사실이나 주장이 있으면 그걸 뒷받침해주는 근거들이 구체적으로 있어야 하지 않겠어? 그래야 그 대상이 더 실체적으로 다가오는 법이지. 귀신은 어떤 모습들이었어?"

J는 잠시 생각에 잠기는 듯하더니, 이내 재빨리 대답했다.

"선생님, 제가 본 귀신들은 공포영화에 나오는 것처럼 그렇게 피를 철철 흘리거나, 몸이 하나가 날아갔거나, 상처를 입었거나 그런 건 아니에요. 흉측한 모습은 아니고요. 그냥 우리처럼 옷도 입고, 보통 사람이나 똑같아요. 그래서 제가 덜 놀라거나 익숙해질 수 있었던 것도 같아요. 만일 공포영화처럼 그렇게 무섭고 기괴한 모습으로 계속 나타난다면 저도 두려움에 떨겠죠. 하지만 제게 보이는 귀신들은 그냥 다 평범한 모습들이에요."

나는 J의 이야기를 들으면서 영화는 확실히 과장이 심한가 싶었다. 그래서 다시 물었다.

"그런데 J야. 그 귀신들이 너에게 어떤 해코지는 안 하니? 이야기는 해봤어? 혹시 이야기를 걸어올 때도 있었니?"

J는 고개를 도리도리 흔들었다.

"아니에요, 선생님. 그런 적은 거의 없었어요. 음. 그럼 선생님이 오늘은 귀신 이야기를 궁금해하시니까, 이제 중점적으로 한번 제가 겪은 귀신 이야기들을 몰아서 해드릴게요. 어떠세요?"

나는 내심 반가웠다. 안 그래도 궁금하던 이야기인데, 너무 흥밋거리처럼 J에게 그런 이야기들을 물어본다는 게 좀 조심스러웠다. 하지만 J가 이야기보따리를 풀어놓는다니, 나는 그냥 들어주기만 하면 될 것 같았다.

"그래, 좋아. 나도 사실은 많이 궁금했어. 정말 귀신이 있을까 하는 궁금증부터 실제로 어떤 모습으로 나타나는지도 궁금하고, 여러 가지로 호기심은 생겼지."

J는 작정한 듯 이야기를 하기 시작했다.

"자, 그럼 선생님. 잘 들어보세요. 제가 본 귀신 이야기들을 이제 하나씩 해드릴 테니까요. 우선 기억나는 귀신 이야기부터 해드릴게요. 아 참, 제가 친구랑 같이 동시에 본 귀신 이야기를 먼저 해드리면 좋겠네요. 저 혼자서 귀신을 본 것보다는 둘이 같이 봤다면 선생님이 제 말을 더 믿으실 거니까요."

나는 이 말에 깜짝 놀랐다. J 혼자가 아니라, 친구와 같이 봤다면 그건 환각이 아니지 않나. 분명히 환각은 아니다. 어떻게 두 사람이 동시에 볼 수 있을까. 나는 더 궁금해져서 J의 이야기를 재촉했다.

"그래? 그럼 얼른 해봐. 내가 네 이야기를 안 믿는 건 아니야. 그냥 너무 불가사의한 일이라서 믿어도 되나, 용기가 나지 않는 거지. 그렇잖아? 우리 사회는 아직까진 그런 신비한 일이나 비과학적인 일을 믿는 사람을 좋지 않은 시선으로 보지. 덜떨어진 사람이나 여튼 그렇게 좋게 보진 않아. 게다가 다 큰 어른이 그런 걸 믿으면 정말 손가락질할지도 모르지. 신뢰를 못 주는 사람이 되는 거지. 그래서 그런 거야. 네 말을 못 믿어서가 아니라."

J가 나의 얼굴을 물끄러미 바라보면서 말했다.

"아, 선생님은 용감하실 줄 알았는데 아닐 때도 있군요. 선생님 수업을 듣다 보면 그런 생각이 들었어요. 선생님은 일반적인 어른과는 다르구나. 고정관념에 빠져 있지도 않은 것 같고, 다른 사람들의 시선을 의식하지 않는 어른인 것 같고요. 그런데 선생님마저 그런 두려움이 있다면 이 세상은 정말 너무 단단한 벽으로 쌓여 있나 봐요."

J의 이야기에 나는 할 말이 없었다. 아무리 열린 사고를 하고 깨어 있는 어른이라고 자부하더라도, 사회생활을 하려면 나도 주변의 평가에 신경을 써야만 했다. 이성보다는 감성적인 것에 빠져 있고, 합리적인 것보다는 비합리적인 것에 중점을 둔다는 걸 안다면 나를 보는 시선이 달라질 게 틀림없기 때문이다. 하지만 J와 이야기할 때는 나도 좀 더 자유로울 수 있었다, 그런 다른 사람들의 시선으로부터.

"J야. 뭐 어쩔 수 없구나. 나도 이 세상에 발을 딛고 살아가려면 신경을 안 쓸 수 없네. 나도 청소년 시기에는 이렇지는 않았는데, 나이를 먹고 직장생활을 하자니 어른들의 일반적인 기준에 맞춰주는 척이라도 하고 살아야 해서. 하지만 이렇게 너와 이야기를 할 때는 그럴 필요가 없잖아. 어서 이야기해 줘."

J는 야무지게 입을 오므렸다가 다시 뗐다. 그리고 진짜 놀라운 이야기를 들려주었다.

"선생님, 지난해 여름 방학이었어요. 저는 우리 반 애랑 같이 방학 때 아침에 운동하기로 했어요. 그래서 아침에 일찍 동네에서 만나서 학교로 갔죠. 학교 운동장에서 달리기도 하고, 운동하려고요. 그런데 어느 날이었어요. 그날도 둘이 같이 재믽게 이야기를 하면서 학교까지 걸어가고 있었는데, 교문까지 거의 다 걸어갈 때였어요. 교문을 지나서 운동장으로 들어섰는데, 순간 우리 둘은 동시에 악! 하고 소리를 지르고 말았죠. 그날따라 안개가 많이 끼었어요. 그런데 그때 맞은편에서 우리 학교 여름 체육복을 입은 여학생 하나가 걸어오고 있었는데, 다리가 없는 거예요. 처음엔 그냥 안개에 가려서 안 보이려니 생각하고 대수롭지 않게 생각했는데, 그 학생이 우리를 지나 옆으로 갔는데, 계속 다리가 안 보이고 상체가 공중에 떠 있는 거예요. 우리는 서로 얼굴을 쳐다보면서 눈짓으로 처음엔 이야기했죠. 이게 뭐지? 하는 그런 표정이었어요. 그리고 우리를 스쳐 간 그 학생의 모습을 더 자세히 보려고 뒤를 돌아보는 순간, 그 학생이 사라져버린 거예요. 그때 우리 둘은 소리를 질렀어요. 너무 놀라서요. 그리고 둘이 손을 맞잡고 너무 무서워 바들바들 떨었죠. 그날은 운동을 못 하고 그냥 집으로 돌아갔어요. 도저히 운동장 안으로 더 들어갈 수가 없는 거 있죠."

나는 J의 이 이야기를 듣고, 절대로 꾸며낸 이야기가 아니라는 걸 알 수 있었다. J가 말하는 동네 친구는 우리 학원에서 전에 수업을 들은 적이 있었는데, 굉장히 착실하고 모범적인 아이였다. 그 아이는 평소 공부만 하던 아이였는데, 귀신 이야기를 일부러 꾸며낼 이유가 없었다. 나는 말했다.

"J야, 놀랍구나. 술을 마신 것도 아니고, 약물에 취한 것도 아닌데, 두 사람이 동시에 귀신을 봤다는 게 참 신기한 일이네. 그렇다면 정말 귀신이 있는 걸까? 그런데 그 귀신은 좀 무서운 모습이었네. 두 다리가 없고 공중에 둥둥 떠 있었다면 말이야. 학교마다 그런 귀신 이야기가 들려오긴 오는데, 좀 비슷한 것 같기도 하구나."

J가 말했다.

"그렇죠, 선생님. 오래된 학교마다 그런 이야기들이 있어요. 학교 교실에서 공부하고 있는데, 창문에 어떤 여자애 얼굴이 보였는데, 사실 그 교실은 밖이 허공인 3층 건물이더라. 뭐 등등 이런 부류의 이야기요. 저희도 가끔 들어서 알고 있고, 재미 삼아 이야기할 때도 있어요. 뭐 그리고 복도에서 걸어오는 애들이 있었는데, 다리가 없고 공중에 떠 있더라. 이런 류의 이야기들도 있죠. 그런데 우리도 흥밋거리로 그런 무서운 이야기를 한 적도 많지만, 이날 우리가 본 건 진짜였어요. 그것도 저 혼자 본 게 아니고, 친구랑 같이 동시에 봤기 때문에 믿지 않을 수가 없는 거죠. 게다가 그냥 짙은 안개 때문에 우리가 동시에 잘못 본 거라고 생각할 수 있지만, 우리가 돌아봤을 때 아무도 없었어요. 그 교문 앞 도로는 선생님도 아시겠지만, 길고 넓게 트여서 어디 금방 사라져버릴 수도 없는 곳이에요. 그리고 그날 아침에는 너무 이른 시각이라서 아무도 거긴 없었어요. 군중들 틈에 섞일 수도 없었고요. 순식간에 일어난 일이었죠. 그래서 우리 둘은 뒤를 돌아봐도 없고, 아무리 찾아봐도 없어서 믿지 않을 수가 없었던 거죠. 우리가 봤던 게 귀신이 맞구나, 하고요."

나는 J의 이 이야기에 소름이 돋았다. 나도 같은 동네에 있기에 J가 다니는 그 학교를 잘 알고 있었기 때문이다. 모두 J가 말한 그대로였다. 거긴 도로가 넓어서 어디 숨을 데도 없다. J의 말이 모두 사실이라면 정말 귀신은 존재하는 것이다. 나는 J에게 다시 물었다.

"그런데 네가 본 귀신은 아이들이 흥미 삼아 하는 귀신 이야기에 나오는 귀신의 모습과 많이 닮아있구나. 두 다리가 없이 공중에 떠 있는 모습 말이야."

J가 대답했다.

"그래요, 선생님. 그래서 더 무서웠어요. 우리가 놀기 삼아 이야기한 것들이 정말 실제로 우리 눈앞에서 일어나니까 말이에요. 제 친구와 저는 그날 이후 며칠 동안 학교 근처에도 못 갔어요."

나는 이 세상엔 정말 보이지 않는 세계가 있을 수도 있다는 확신이 들었다. 그때 J와 그 친구가 같이 본 학생의 모습은 다른 차원에 있다가 잠시 안개가 낀 날씨나 혹은 다른 이유로 이 세계와 교차해서 이 아이들 눈에 뜨인 건 아닐까. 아니면 진짜 사람이라면 흔적도 없이 그 자리에서 사라진 이유는 어떻게 설명할 것인가. 나는 J에게 다른 귀신 이야기도 좀 더 해보라고 말했다.

"J야, 그럼 네가 또 본 귀신 이야기를 더 해보렴. 이 이야기는 평소 네가 보던 귀신의 평범한 모습과는 좀 다르네."

J가 말했다.

"그래요, 선생님. 저는 혼자 있을 때 주로 귀신을 보는데, 제게 보이는 귀신들은 다 옷들을 잘 입고 있고, 무서운 모습도 아니에요. 제가 하루는 어떤 사무실에 놀러 간 적이 있어요. 그때 이모 회사였는데 늦게까지 일한다고 잠시 와 있으라고 해서, 용돈도 받고 야식도 얻어먹을 겸 놀러 갔어요. 사무실에 가니까 이모와 또 한 사람의 직원만 제법 넓은 사무실에 일하고 있는 거예요. 저는 한쪽 책상에 앉아서 이모가 일을 마칠 때까지 기다리고 있었어요. 그런데 한참 있다가 옆을 봤는데, 원래 다 퇴근하고 아무도 없었어요. 그런데 제 눈에 갑자기 거기서 일하는 사람들이 보이는 거예요. 여름옷을 입고 있었어요. 겨울인데도요. 짧은 반소매에 땡땡이 무늬 셔츠를 입고, 책상에 앉아 일하는 아저씨 모습도 보이고, 여러 사람 모습이 순간적으로 제게 보이는 거예요. 그런데 다시 보니까 역시 아무도 없었어요. 참 이상하죠?"

나는 J의 이야기가 신기했다. 듣고 있으려니, 정말 그런 일이 있을 수 있을까 의아해졌다. 동시에 여러 사람이 보이다니. 그리고 멀쩡한 모습이라니. 왜 그런 장면들을 J는 보고 사는 걸까. 왜 J의 눈에는 그런 사람들이 보이는 걸까. 나는 J에게 물었다.

"J야, 그런데 그 사람들이 정말 귀신일까? 다른 차원의 사람들이 교차해서 보이는 건 아닐까?"

J가 놀란 듯이 빤히 쳐다보았다. 그리고 소리쳤다.

"아, 선생님. 그렇군요! 귀신이 아닐 수도 있군요. 전 왜 다눈에 보였다가 사라지면 귀신이라고 생각했을까요? 다른 차원의 사람들이 교차해서 제 눈에 보인다는 생각은 해보질 못했네요."

나는 J에게 다시 물었다.

"혹시 그 사무실에서 누가 죽은 사람이라도 있다는 이야기는 못 들었니?"

J가 놀란 토끼 눈처럼 동그랗게 떴다. 그리고 말했다.

"와, 선생님. 귀신이네요. 하하하. 제가 안 그래도 너무 이상해서 이모에게 나중에 물어봤거든요. 그 사무실에서 귀신을 봤는데, 혹시 거기 건물이 예전에 어떤 곳이었는지요. 그랬더니 이모가 놀라서 말했어요. 사실 그 건물이 오래된 건물인데, 예전에 거기 지하가 나이트클럽이었대요. 그런데 한번은 아주 오래전에 거기서 난투극이 벌어져서 여러 사람이 죽었대요. 칼부림이 일어나는 사고가 생겨서 많은 사람이 피를 흘리며 그곳에서 죽었다는 이야기를 들었다네요. 그리고 또 한번은 그곳 지하에서 불이 나서 많은 사람이 죽었대요. 사건 사고가 많은 건물이었나 봐요. 저도 깜짝 놀랐어요. 하지만 제가 본 사람들은 피가 묻었거나, 칼에 맞았거나, 불에 그을린 그런 끔찍한 모습은 아니었거든요. 다들 그냥 즐거운 표정으로 일하고 있었어요. 일상적인 모습이요."

나는 J가 정말 이야기를 꾸며내는 거라면 굳이 멀쩡한 사람의 모습인 귀신 이야기보다는 더 자극적이고 흉측하고 무서운 이야기를 만들어낼 거라는 생각이 들었다. 자기에게 아무 위협도 안 되는 이런 밋밋한 귀신 이야기를 계속할 리는 없을 거다. 나는 다시 J에게 물었다.

"그래서 그 사람들을 오래 봤니? 얼마나 봤니?"

J는 나에게 손가락을 다섯 개 펼쳐 보였다. 내가 물었다.

"5분?"

J가 고개를 도리도리 흔들었다. 그리고 목소리를 좀 깔고 말했다.

"5초 정도에요. 그래도 그때는 꽤 길게 나오는 편이었어요. 그래서 그 사람 중 한 명이 입은 반소매 셔츠 무늬가 땡땡이고 색깔이 있는 거까지 다 눈에 들어온 거죠. 마치 뭐랄까, 생생한 화면처럼 그날은 그 모습이 잘 보였어요. 그리고 실제로 사람들이 움직이고 있었고요. 마치 영화를 아주 잠깐 보는 듯한 착각이 들 정도로 말이에요."

나는 상상해보았다. 그런 모습이 내 눈앞에 잠시 펼쳐졌다가 사라진다면 그 기분은 어떨까. 잘 상상이 되질 않았다. J는 다시 말을 이어갔다.

"선생님, 그 사무실에서 본 장면이 좀 특별했어요. 그렇게 많은 사람이 한꺼번에 나온 건 처음이었으니까요. 주로 제가 본 귀신은 한 사람이었거든요. 저는 어떤 장소에 가면 그곳에 귀신이 있는지, 없는지 그 기운을 잘 느껴요. 실제로 눈에 그 모습이 뜨이는 건 가끔 일어나지만, 어떤 새로운 장소에 갔을 때 그곳에 귀신이 있는지, 없는지는 금방 알아차려요. 그 특이한 기운이 혹은 에너지가 느껴지거든요."

내가 다시 놀라서 물었다. 이 이야기를 듣고 나니, 소름이 다시 돋았다. 정말 J는 신기라도 있는 걸까. 어떻게 영화처럼 그런 일들이 일어나는 걸까.

"J야, 그런 기운이나 에너지를 어떻게 느낄 수 있어? 어떤 느낌인지 구체적으로 말해줄 수 있니?"

J가 상황에 맞지 않게 갑자기 또 깔깔 웃었다.

"아, 선생님, 또 구체적으로 말하라고요? 음, 그럼 말해드릴게요. 좀 설명하긴 어렵긴 한데, 저절로 그냥 알게 되는 거죠. 딱 어떤 장소에 들어가면 음침한 기운이라든가, 누군가 곁에 있는 듯한 느낌, 그런 게 느껴져요. 그럼 전 알아요. 아, 이곳에 우리만 있는 게 아니구나. 한번은 친구 집에 놀러 갔는데, 그 집이 그랬어요. 누군가 있었어요. 그런데 친구에게 말은 해주지 않았어요. 괜히 친구가 무서워할 수도 있고, 이야기해봤자 그 친구 눈에 보이거나 느낄 수 있는 것도 아니니 이야기해줄 필요는 없을 것 같아서요. 하지만 전 그 집에서 그런 기운을 알 수 있었거든요."

나는 J가 정말 별에서 온 아이라, 이런 특별한 능력이 있는 건지 궁금해졌다. 그래서 J에게 물었다.

"J야, 넌 별에서 왔다고 했잖아. 인디고 아이들이 다 그런 것처럼. 그런데 어느 별에서 온 건지 알고 있니? 그 별의 모습은 기억이 나니?"

J는 내 얼굴을 말끄러미 쳐다보았다. 그리고 말했다.

"선생님, 그게 말이죠. 다른 인디고 아이들은 모르겠는데, 제 경우에는 기억이 나지 않는다는 거예요. 제가 선생님 기대를 채워드리기 위해 거짓말을 지어내서 별나라 이야기를 해드릴 수도 있지만, 그럼 안 되는 거잖아요. 전 사실만을 말하는 아이니까요. 기억에 없어요. 제가 귀신을 보고, 어느 장소에 귀신이 있는지 없는지는 느낄 수 있지만, 제가 온 별의 기억은 없네요. 그리고 제가 미래에 무슨 일이 일어날지 큰 흐름은 알 수 있지만, 역시나 어떤 별에서 제가 왔는지 알 수가 없어요. 저도 사실 궁금하긴 해요. 그래서 한번은 우주의 그 메시지의 흐름에 물었죠. 내가 온 곳이 어디인지 알려줄 수 없냐고요. 그러나 때가 되면 알게 될 거라는 답만 받았고, 아무것도 알 수 없었어요. 때가 되면 그곳으로 다시 돌아간대요."

나는 J의 이 말이 어쩐지 슬퍼 보였다. 특별한 능력을 받았지만, 근원적인 건 역시 알 수 없다는 사실에 말이다. 우리에겐 허락되지 않는 우주의 비밀코드라도 있는 걸까. 왜 우리에겐 알려주지 않는 걸까. 인디고 아이들마저도 그걸 알 수 없는 걸까, 구체적으로 말이다. 나는 문득 인터넷을 검색하다가 보았던 새로운 정보, 즉 인디고 아이들이 전생을 기억한다는 이야기를 떠올렸다. 그래서 그 당사자인 인디고 아이, J에게 물어보았다.

"J야, 인디고 아이들이 전생을 기억한다던데 너도 네 전생을 기억하니?"

나의 이 물음에 J는 고개를 크게 끄덕거렸다. 그리고 나에게 또 놀라운 이야기를 해주는 거였다.

"네, 선생님. 저도 전생은 기억해요. 하지만 제가 지나온 모든 전생을 기억하는 건 아니고요. 몇몇 전생만 기억해요. 한번은 제가 일본 사람으로 태어나서 오래된 성에서 살았고요. 또 한번은 독립투사로 태어나기도 했어요. 그래서 감옥에서 죽었어요. 그밖에도 몇몇 전생은 기억나는데, 제가 느끼기로는 이번 생이 저의 마지막 인생 같아요. 저는 이제 제가 온 별로 돌아가는 차례가 온 거예요. 어쩌면 지구로 보내졌다가 다시 그 별로 돌아갔다가, 다시 지구로 보내졌다가 이렇게 반복하는 것 같기도 해요. 그런데 어쨌든 이번에는 지구에 있는 게 마지막인 것 같다는 메시지를 받았거든요, 우주로부터요."

나는 J의 이 이야기도 너무 놀라웠다. 전생을 기억하는 사람들이 이 지구에 더러 있다고 다큐멘터리에도 나오고, 신비한 이야기 시리즈에도 나오긴 하지만, 직접 이렇게 당사자에게 듣기는 처음이었다. 게다가 J는 이번 생이 마지막일 거라는 정보까지 알고 있지 않은가. 이토록 자기의 갈 길을 잘 알고 있는 사람이 얼마나 될까. 인디고 아이들만의 특권이 아닐까. 나는 한편으로는 인디고 아이들이 부럽기도 했다. 정말 우주가 선택한 종족인가, 그들은.

나는 문득 우리 집에는 귀신이 사는지 궁금해졌다. J와 나는 내가 사는 곳에 벌써 도착해 차를 마시는 중이었다. 나는 J에게 물었다.

"그럼 혹시 우리 집에도 귀신이 있니? 처음 여기 들어섰을 때 네가 귀신을 느꼈어도 당연히 내겐 이야기하지 않았겠지? 정말 있는 거야?"

J가 대답했다.

"선생님, 사실대로 말해드릴까요?"

나는 J의 이 말에 드디어 올 것이 왔다는 생각이 들었지만, 무서운 걸 꾹 참고 단번에 대답했다.

"그래, 당연히 있는 그대로 말해줘야지. 어서 이야기해줘."

나는 갑자기 입에 침이 마르는 걸 느꼈다. 그만큼 긴장이 되었다. 혼자 사느니만큼 귀신과 함께 살고 있다면 너무 무섭지 않는가.

J가 목소리를 무겁게 하고 말했다.

"이 오피스텔에는 귀신이 있어요. 그것도 아주 많이요."

나는 놀라서 입이 다물어지지 않았다. 그리고 주변을 둘러봤다. 분명 내 눈에는 지금 보이지 않는데, J가 있다고 느꼈으니 있는가 보다. 그러고 보니, 갑자기 동네 부동산 중개소 아주머니가 한 말이 생각이 났다. 이 오피스텔이 좀 오래되어서 그런지 여기를 거쳐 간 사람들이 하나같이 하는 말이 있다고 했다. 어떤 아가씨는 이 건물에서 동자승 같은 남자 어린아이 귀신을 봤다고 이야기하면서 이사 갔고, 또 어떤 사람도 자기 방에서 보라색 원피스를 입은 여자아이의 귀신을 봤다는 이야기를 했다는 거였다. 그때는 그냥 재미 삼아 들었는데, 오늘 J의 이야기를 듣고 나니 소름이 끼쳤다. 진짜 이 건물에는, 그리고 내 방에는 귀신이 사는 걸까. 나는 귀신과 동거하는 거였나. 나는 내가 사는 공간이니만큼 더 궁금증이 생겼다. 그래서 다시 J에게 물었다.

"J야, 그럼 몇 명이나 여기 살고 있니? 그 숫자도 알 수가 있는 거야?"

J가 나를 좀 안쓰럽다는 듯 지긋이 바라보다가, 드디어 입을 무겁게 떼었다.

"선생님, 놀라지 마세요. 여기 선생님 방은 귀신들의 정류장 같은 곳이에요. 수없이 여러 귀신이 왔다가 떠나가요. 항상 귀신들이 있는 거죠. 정확한 숫자는 잘 모르겠어요. 그런데 분명한 건 하나가 아니라 여럿이라는 거죠. 게다가 썰물과 밀물처럼 머물다가 떠나고, 또 새로운 귀신들이 오고 가요. 어쩌죠? 선생님. 어서 이사 가셔야 할 것 같네요."

나는 여기가 '귀신들의 정류장' 같은 곳이라는 말에 깜짝 놀랐다. 한둘 정도야 또 그렇다고 쳐도 정류장처럼 늘 오고 간다니 얼마나 놀라운 일인가. 오피스텔 월세가 나름 저렴해서 이곳에 방을 얻었는데, 낡은 건물이라 그런지 귀신이 많이 살고 있었구나. 하지만 이렇게 많을 줄이야. J가 아니었다면 나는 당분간은 계속 이곳에서 지낼 뻔했다. 사실 여기로 이사 오고

부터 나는 가위에 눌린 적이 많았다. 너무 피곤해서 그런 거라고 생각했는데, J의 이야기를 들어보니 섬찟한 거였다. 이곳에서 자고부터는 하얀 투명한 손이 내 목을 조르기도 하고 해서, 놀라서 깬 적이 여러 번 있었다. 나는 역시나 피곤하고 스트레스가 많이 쌓여서 그런가 보다 생각했다. 그러나 그 손길이 귀신이라니! J의 말이 더 신뢰감 있게 다가왔다. 내가 이런 생각을 하고 있자니, J가 다시 입을 열었다.

"선생님, 사실 선생님에겐 말씀을 안 드리려고 했는데, 아까 처음 이 방에 들어오면서 제가 본 게 있어요. 아주 뚜렷하게요."

내가 놀라 물었다.

"뭘 봤는데?"

J가 나를 뚫어지게 쳐다보면서 표정이 굳어지며 말했다.

"이 방에 딱 들어서는 순간, 바로 이 탁자에 말이에요. 우리가 지금 차를 마시는 이 탁자에요. 아주 시커먼 점퍼를 입은 덩치 큰 남자가 앉아 있는 거예요. 이 탁자에 팔을 걸치고 앉아 있었죠. 그런데 그 시커먼 점퍼에서 물 같은 게 뚝뚝 떨어지는 거예요. 그렇게 처절하게 슬프고 괴로운 느낌의 귀신은 처음 본 것 같아요. 그리고 제게 뭔가 말을 하려고 하는 것 같았어요. 뭘 전해주려는 듯한 느낌이었죠. 덩치가 굉장히 컸어요. 딱 벌어진 어깨랄까. 그런데 나이는 꽤 많아 보였어요. 그리고 오늘 바로 죽은 귀신 같았어요. 뭔가 굉장히 걱정이 많은 귀신처럼 느껴졌어요. 제게 어떤 메시지를 전하려는 것 같았는데, 저도 사실 그 처절한 모습에 많이 놀랐거든요. 물까지 떨어지니까요. 물론 보통 사람 눈에 보이는 물은 아니었지만, 그만큼 습한 모습이었어요. 그런데 제가 눈을 안 마주치려고 하니까, 그 귀신이 금방 사라졌어요. 그리고 선생님과 제가 이렇게 여기 앉아 있는 거죠. 지금은 이 탁자에 없어요."

나는 숨이 멎는 것 같았다. J의 말은 너무 충격적이었던 거다. 바로 이 공간에, 그것도 불과 얼마 되지 않는 시간에 귀신과 한 공간에 있었다는 게 몹시 놀라웠다. 게다가 그렇게 축축한 모습의 귀신이라니. 그 귀신은 무슨 할 말이 있었을까. 무얼 전하러 여기에서 우리를 기다리고 있었던 걸까.

그런데 J의 이날 이야기를 들으면서도 정말 집을 옮겨야 할지, 말아야 할지 선뜻 결정을 내릴 수 없었다. 물론 잠자리는 늘 가위에 눌리고 악몽을 자주 꾸긴 했지만, 이만한 가격의 오피스텔을 구하기는 그리 쉽지 않았기 때문이다. 그리고 이사를 하는 게 보통 일인가. 동네를 떠나지 않는 이상, 굳이 이사

하는 것도 몹시 번거로운 일이었다.

하지만 그다음 날, 신문 기사를 보고 나는 곧 이사를 결정했다. J가 말한 바로 그 사람이 누군지 알게 되었다. J가 묘사한 그 귀신의 모습은 신문에 기사가 실린 바로 유명인사였다. 시간대를 보니까 J가 우리 집에서 만났던 그 시간대와 거의 일치를 했다. 사고가 나고 바로 여기로 온 거였다. 정말 내가 사는 오피스텔이 금방 온 귀신과 떠나갈 귀신들이 잠시 머무는 정류소 같은 공간이었을까. 나는 어쨌든 가격을 좀 더 높여서 새 건물의 오피스텔로 옮겼다. 그리고 그 이후로는 투명한 여자의 손도 꿈속에서 만나지 못했고, 악몽도 꾸지 않았다.

나는 이후로 염주를 사서 집안 곳곳에 두었다. 어쩐지 귀신들로부터 나를 지켜줄 것만 같았다. J의 이야기를 듣고 나니, 뭐라도 해야 할 것 같았다. 의외로 그런 장치들이 심리적으로 편안함을 안겨주었다. 새 건물로 옮겨가서인지, 혹은 염주가 정말 나를 지켜준 것인지는 모르겠지만, 내 꿈자리도 깨끗해졌다.

그래도 좀 안심이 안 되어서 J를 새로운 집으로 초대를 했다. 그리고 J에게 물었다.

"J야, 이 집은 좀 어때? 귀신이 있어, 없어?"

물론 집을 새로 얻을 때부터 J를 데리고 다니고 싶었지만, 그럴 수는 없었다. 그래서 이사를 하고 나서 물어봤는데, J의 대답은 일단 안심이었다.

"선생님, 걱정하지 마세요. 이 집에는 아무도 없네요. 선생님 혼자뿐이에요. 하하하."

나는 J의 이 말에 한편으로는 마음이 놓였지만, 진짜 귀신을 보고도 J가 날 안심시키기 위해 거짓말을 할 수도 있다는 생각이 들었다. 하지만 J의 눈을 들여다보니 거짓말은 아닌 것 같았다. 사람은 항상 눈을 보고 말하면 거짓말과 참말을 가려낼 수 있다. 눈동자의 움직임과 눈가 근육의 미세한 떨림을 잘 관찰해보면 금방 알아차릴 수 있다. J가 한 마디 덧붙였다.

"선생님, 제가 팁을 하나 드릴게요. 햇살이 많이 들어오는 밝은 집은 상대적으로 귀신이 덜 살아요. 그러니 앞으로 집을 구하실 때 햇살이 잘 들어오는 큰 창이 있는 집을 찾으세요. 들어갔을 때 뭔가 음침하고 좀 어두컴컴한 집은 피하세요. 그리고 가능하면 오래되고 낡은 건물도 들어가지 마시고요. 그런 데일수록 귀신들이 좋아해요. 많이 머물러요. 그들의 습한 기운과 잘 맞거든요. 산 사람은 양기를 많이 받고 살아야 하고, 귀신들은 음기를 먹고 사는 거죠. 그러니 햇살 가득한 집에서 사세요."

　나는 J의 이 말을 잘 기억해두려고 한다. 그냥 합리적으로 생각해봐도 오래된 건물보다는 새 건물이 살기에도 편할 거고, 햇살이 잘 들어오는 집이 건강에도 좋을 거다. J는 정말 또래 아이들과는 어딘가 모르게 달랐다. 어떤 때는 대화하다 보면 나보다 더 나이를 많이 먹은 것 같기도 하고, 높고 깊은 산속에 사는 현자 같은 느낌도 들었다. J는 정말 별에서 온 아이일까. 인디고 아이일까. 나는 한편으로는 J가 SF영화에서처럼 뭔가 내 앞에서 특별한 초능력을 보여주었으면 하고 바랐다. 눈빛만으로도 물건을 이쪽에서 저쪽으로 옮기거나, 하늘을 날아다니거나 뭔가 눈에 보이는 특별한 능력을 보여주면 나의 마지막 의심은 거두어질 것 같아서였다. 우리는 언제나 눈에 보이는 것에만 목을 맨다. 그 자체도 사실은 진짜가 아닐 텐데 말이다. 우리가 보는 초록색도 사실은 그 물체가 초록색인 게 아니라, 초록색을 반사하기 때문에 우리 눈에 그리 보이는데도 우리는 늘 그 사실을 잊고 산다. 눈에 보이는 게 다가 아닌데, 눈에 보이지 않는 것에 진실이 숨어 있을 때가 많은데 오늘도 우리는 거기에 눈속임을 당하고 산다.

속임수

무지를 털어 내고 환영을 버려라. 이 세상의 속임수들로부터 그대의 얼굴을 돌려라. 그대의 감각들을 믿지 마라. 그것들은 허위이기 때문이다. 그러나 감각의 성소인 그대의 육체 안에서 초월적인 '영원한 인간'을 찾아라. 그를 발견했을 때, 내면을 보아라. 그대는 붓다이다.

ー『운명의 바람 소리를 들어라』 중에서

4장

가짜가 진짜를 이기는 세상

'사람은 보고 싶은 대로 보고, 믿고 싶은 대로 믿는다.'

이 세상에는 있는 그대로 보는 게 아이러니하게도 힘든 일이 되었다. 인간 세상은 정의와 불의가 뒤섞여 있고, 진실과 거짓이 혼동되어 있다. 인디고 아이들은 이 지구에 보내져 이러한 혼돈 상태를 걷어내고, 정의를 가려내고, 진실을 구별해내는 사명을 부여받은 셈이다. 하지만 인디고 아이들은 자라면서 이러한 상황에 심한 스트레스를 받는다. 왜냐하면 그들은 투명한 유리처럼 맑은 존재들이라서, 인간 세상은 그들에겐 적응하기 힘든 오염된 공간이기 때문이다.

스트레스 호르몬에 코티솔이라는 게 있다. 스트레스를 많이 받으면 이 코티솔이 생겨 면역체계가 약해진다. 그래서 예민

한 아이들이나 어릴 때 정서적 학대를 많이 받은 아이일수록 면역체계가 약한 법이다. 인디고 아이들은 면역체계가 약하다. 누구보다도 예민하고 영민하기에 그들은 이 세상에서 살아가는 게 힘들다. 언젠가 J가 내게 했던 말이 기억났다.

"선생님, 저는 어릴 때부터 장이 안 좋았어요. 면역체계와 상관된 병은 다 걸렸어요. 과민성 대장염에, 수두, 그리고 대상포진, 모두 다 면역체계와 관련된 질병인데 저는 자가면역성 질환에 주로 약해요. 어릴 때는 류마티스 관절염에, 아토피, 등등에도 취약했죠. 자가면역성 질환은 내가 나를 공격하는 병이라네요."

인디고 아이들은 특별한 능력을 타고난 대신에, 이러한 질환에 노출되어 있다. 반면에 인디고 아이들은 '제3의 눈'이 발달해 있다고 한다. 그래서 이 아이들은 태어날 때부터 미래를 볼 수 있는 능력이 있다. 한번은 내가 이 문제에 대해 J에게 물어본 적이 있었다.

"J야, 네가 미래에 일어날 일을 알 수 있다고 했잖아. 구체적으로 어떻게 알 수 있는 거야?"

J가 골똘하게 생각하는 표정을 짓다가 드디어 대답했다.

"음, 선생님. 그게 말이에요. 대답하긴 참 어려운 일이에요.

보통 사람들은 두 눈을 갖고 있잖아요. 그리고 그 눈으로 사물을 보고 세상을 이해하죠. 그런데 우리 인디고 아이들은 제3의 눈이랄까요. 이마 쪽에 눈이 또 하나 있는 것 같아요. 그 이마 쪽으로 스크린처럼 이미지들이 보이니까요. 전에도 이야기한 적이 있지만, 누군가 절 생각하면 그 스크린으로 이미지들이 들어와요. 예를 들어, 누가 절 생각하고 있으면 그 사람의 모습이 그 스크린에 보이는 거예요. 표정이라든지, 분위기라든지 그런 것까지 다 보여요. 그러나 손에 잡힐 듯이 아주 선명하지는 않아요. 그리고 오래 머물지도 않아요. 잠시 보일 뿐이에요. 보통 사람들은 안 그렇겠죠? 이러한 현상이 우리 인디고 아이들에게만 있겠죠? 그래서 그냥 설명해드리면 이해를 못 하실 수도 있어요. 직접 겪어봐야 확실히 알 수 있을 테니까요."

나는 J에게 다시 물었다.

"이런 이야기를 다른 사람에게도 한 적이 있니?"

J가 대답했다.

"네, 예전에 한두 번 친한 친구들에게 말한 적이 있는데, 다들 완전히 믿지 않는 눈치였어요. 그냥 재미 삼아 하는 소리라고 생각하는 것 같아요. 처음에는 혹시 주변에 저와 비슷한 사람이 있지 않을까 해서 몇 번 물어봤는데, 다들 그런 일은 없다고 하더라고요. 영화에서나 나오는 일이라고 해요. 그리고 저를 그냥 상상력이 풍부한 아이쯤으로 생각하는 것 같았어요."

나는 더는 J에게 이 문제에 대해선 묻지 않았다. 우리는 항상 우리가 보지 못한 것이나, 세상의 기준에 비쳐 보았을 때 정상의 부류에 속하지 않으면 무조건 배척한다. 그게 바로 고정관념이다. 하지만 자칫 그 고정관념에 빠져 있으면 가짜가 진짜를 이기는 세상이 되고 만다. 세상엔 수많은 경우의 수가 있고, 그것은 사람들이 인위적으로 만들어 놓은 기준이나 틀 안에서만 존재하지 않기 때문이다.

그래서 내가 찾아본 자료에 의하면, 인디고 아이들은 세상의 기준에 맞춰 봤을 때는 정상이 아니라서 치료 대상이 되기도 한다고. 이들의 놀라운 영적 재능이 보통 사람들 기준이나 잣대에선 '비정상'이 되는 셈이다. 그리고 '비정상'은 무조건 '치료'나 '개선', '교화'의 대상이 되는 것이다. 우리가 사는 세상의 법칙이다.

예를 들어, 학교에 다닐 때도 선생님 말씀에 무조건 잘 따르고, 학교가 정해놓은 규칙과 세상이 만들어 놓은 틀 안에 잘 들어가 있는 아이들은 '모범생'이 된다. 그리고 그 노선을 잘 유지하면 그들은 이 사회에서 선두그룹이 될 확률이 높다. 반면에 인디고 아이들처럼 변화를 추구하고 새로운 것을 갈망하며, 지칠 줄 모르는 탐구욕과 권위에 대해 의심하고, 무조건 복종을 하지 않으면 우리 사회에서는 낙오자가 될 수밖에 없다.

어떻게 사는 것이 참일까. 진실에 가까울까. 무엇이 진짜일까. 어떤 경우에는 인디고 아이들을 ADHD 아동으로 낙인을 찍는 때도 있다고 한다. 물론 모든 ADHD 아이들이 모두 다 인디고 아이들이라는 말이 아니라, 인디고 아이들을 이렇게 교정해야 할 대상으로 분류해버리기도 한다는 것이다.

또 어느 날, 나는 J에게 물어보았다.

"인디고 아이들이 이 지구에 온 목적이 구체적으로 뭐라고 생각하니? 내가 인터넷에서 찾아보니까 어느 학자가 말하길 인디고 아이들은 기존의 낡은 시스템을 폐기하러 왔다고 해. 그리고 그 자리에 고결함을 채우기 위해서 말이야. 너도 그렇게 생각하니?"

J는 나의 이 물음에 진지한 표정으로 말했다.

"선생님, 저도 그 문제에 대해 깊이 생각해 본 적이 있어요. 인디고 아이들은 왜 새로운 종족으로 이 지구상에 보내진 걸까 하고요. 그리고 왜 특별한 능력이 있어서 다른 사람들과는 다른 프레임의 인생을 설계해야 하는 걸까 하는 생각을 많이 했어요. 때로는 저도 그냥 많은 다른 아이들처럼 세상과 부모님이 요구하는 모든 틀에 맞춰 조용히 살고 싶기도 해요. 그편이 참 편하지 않나요? 그래서 한번은 국영수 세 과목만 모의시험을 친 적이 있었어요. 전교생이 모두 다요. 그때 제가 좀 집중해서 단시간에 공부했더니 세 과목 모두 만점을 받아서 복도에 붙이는 리스트에 제 이름이 오르기도 했어요. 물론 그때는 시험이 좀 쉬웠는지 만점이 더러 나왔지만, 그래도 그 리스트에는 제한된 인원만 올라갔거든요. 하지만 저는 그런 틀에 박힌 생활을 오래 계속할 수 없는 거예요. 그래서 그 리스트에 올라간 다른 아이들과 달리 전 제 갈 길을 간 거죠."

내가 J에게 물었다.

"후회하지 않을 것 같니? 너보다 훨씬 능력이 뛰어나지 못한 아이들도 나중에 너보다 훨씬 편안하고 안락한 삶을 살게 될 텐데, 그래도 괜찮겠어?"

J는 고개를 숙였다. 그리고 말했다.

"글쎄요. 과연 그럴까요. 저는 학교 밖으로만 나가면 제 재능을 맘껏 발휘할 수 있을 것만 같은데요. 학교 안이라서 답답하고, 암기해서 시험을 쳐야 하고, 교실에 갇혀서 수업을 들어야 하고, 엄마 잔소리를 들어야 하고, 선생님 잔소리도 들어야 하는 게 제겐 너무 스트레스인 거예요. 제가 알고 싶고, 배우고 싶고, 궁금한 많은 것들은 교과서가 아니라, 다른 책들에 있어서 저는 그걸 외면할 수가 없는 걸요. 학교만 졸업하면 대학에 가고 세상에 나가면 더 넓은 세계가 펼쳐지지 않을까요? 지금 제가 중고등학교 때는 이렇게 틀에 박힌 학교 시스템 때문에 제 가치를 인정받지 못하지만, 지금 이 세계 밖으로 나가면 제가 인정받지 않을까요? 이렇게 암기로 서열화된 공부 능력 이외에 다른 가치로 말이에요."

나는 J에게 단호하게 말했다.

"J야. 인생을 먼저 살아온 선배로서 말해줄게. 안타깝지만, 학교 밖의 세계도 별반 다를 게 없단다. 오히려 중고등학교 때는 인생을 바꿀 기회라도 있지, 이제 네가 그 학교 밖을 나서는 순간 네게는 등급이 매겨져. 소가 가축 시장에서 등급이 매겨진 도장이 찍히듯 너희들도 이제 학교 밖으로 나서는 순간 보이지 않는 등급이 너희들에게 새겨지지. 그게 거의 평생 가. 지금이 그 등급을 바꿀 수 있는 유일한 시간이야. 아니면 훨씬 돌아서 가야 할지도 모르고, 평생 그 등급을 못 바꿀 수도 있어. 얼마나 끔찍한 일이니?"

J는 내 말을 믿지 못하겠다는 듯, 멍하니 쳐다보았다.

"선생님, 학교 밖은 그래도 창의적인 자기 능력이나 그런 새로운 시도들로 '뒤집기'를 할 수 있지 않나요? 세상에는 그런 기회가 많지 않을까요?"

나는 J의 이 말에 크게 고개를 가로저었다.

"절대로 그렇지 않아. 감히 말하건대, 그래도 지금 네가 있는 그 시간이 그나마 네 삶을 구원해줄 시간이지. 물론 네가 앞으로 닥칠 모든 일을 다 감당해낼 자신이 있다면 이 세상의 법칙을 모두 무시하고 살아도 돼. 하지만 세상은 그리 호락호락하지 않아. 그리고 네가 지금처럼 언제나 빛나지도 않을 거야. 모든 것은 쇠락하고 그 빛은 희미해져 가지. 그걸 잊어선 안 돼. 창의성을 발휘하는 것도 등급이 높은 사람들에게만 기회가 갈 수 있어. 억울하지 않니? 하지만 그게 세상의 법칙이야. 약삭빠르게 이럴 때는 잘 대처해야 해. 맥 놓고 있으면 네가 앞으로 누려야 할 모든 것들이 네 주변에서 빠르게 사라져 갈 거야. 넌 네 능력에 맞지 않는 훨씬 힘든 삶을 살게 될 거야. 그래도 괜찮아?"

J는 얼굴이 어두워졌다. 그리고 겨우 대답했다.

"이 우주가 절 지켜주지 않을까요? 이 세상에 고결함을 전하러 온 우리 인디고 아이들을 우주가 그냥 내버려 두겠어요? 뭔가 저희에게 미션을 주었는데, 그렇게 힘든 순간들만을 줄까요?"

나는 재빨리 대답했다.

"글쎄다. 내가 찾아본 자료에 의하면 인디고 아이들이 본질적으로 전사적인 영혼을 갖고 있다는구나. 그래서 주변의 고정관념과 기성세대의 권위에 투쟁적으로 맞서다가 현실의 벽에 부딪혀 자기 임무를 수행 못 하고 그냥 사라져간 경우도 많다고 하던데. 안타까운 일이지만, 만일 네가 그런 경우라면 어떻게 할 거야? 그런 아이들이 있는 걸 보면 이 우주가 인디고 아이들을 모두 끝까지 지켜준다는 보장도 없다는 거지. 그럼 어떻게 할래? 네 아까운 재능을 묻어둔 채 그냥 세상 사람들의 무시와 비난 속에 인생 낙오자처럼 살 거야? 아깝지 않니?"

J는 점점 고개를 숙이고 눈을 내리깔았다. 표정은 흙빛처럼 어두워져 갔다. 나는 이어서 덧붙였다.

"J야, 잘 생각해봐. 내가 다른 사람들의 인생을 지금까지 쭉 관찰해보니까, 세 가지 부류가 있는 것 같아. 네가 이 시점에서 잘 판단해야 할 문제지. 학교 공부가 사실은 많은 다른 아이들에게도 그리 유쾌한 건 아닐 거야. 설사 인디고 아이가 아닌 아이들일지라도 왜 더 재밌고 흥미로운 세계에 관심이 없겠니. 하지만 세 부류가 있는데, 첫째는 그냥 아무 생각 없이 선생님, 부모님이 시키는 대로 열심히 공부하는 애들이야. 이 아이들은 그런 것들에 큰 저항감은 없어. 딱히 자기가 다른 재능이 있어 보이지도 않고, 그저 공부를 열심히 해야 이 세상에서 살아남을 것 같아서지. 두 번째 부류는 그냥 모든 게 마음에 안 드는 아이들이지. 한창 그 나이 때는 호기심이 많잖아. 생명력도 에너지가 활발하게 피어오르고. 그래서 그 기운을 감당할 수 없는 거지. 그냥 본성이 시키는 대로 망둥이가 뛰어오르듯이 마구 자기가 하고 싶은 대로 하면서 사는 거야. 미래 같은 건 어떻게 되든, 일단 상관없는 거지. 이 두 부류는 생각이 별로 없다는 것엔 공통점이 있지. 단지, 그 방향성이 달라서 나중에 인생이 극과 극으로 바뀌는 셈이야. 그런데 세 번째 부류가 있어. 이 부류의 학생들은 제일 똑똑한 거지. 발톱을 숨기고 있는 거야. 자기가 하고 싶은 것들도 많고, 흥미가 가는 것도 많아. 하지만 세상의 법칙을 일찍 깨우친 거지. 그래서 일단은 학교 시스템이나 선생님과 부모님 잔소리가 마음에 안 들어도 참는 거지. 마음속에 저항감은 하늘을 찌르지만,

마치 무림의 고수처럼 때가 오기를 기다리는 거야. 그리고 이 부류는 자기 재능도 잘 파악하고 있어. 하지만 그 발톱을 숨긴 채, 숨을 죽이고 날개를 달 때를 기다리는 거지. 중고등학교 시절을 잘 활용해서 자기 인생을 역전시키는 거야. 부모님 세대보다 자기가 더 신분을 상승시키는 계획까지 세워놓는 거지. 그 목표를 달성하고 나서 자기 꿈을 펼치는 거지. 자, 너는 어느 부류에 속할래?"

J는 나의 이 질문에 아무 말도 못 하고 있었다. 혼란스러운 것 같았다. 그리고 나에게 오히려 되물었다.

"선생님은 어느 부류에 속하셨나요?"

나는 속으로 약간 당황했다. 되물을 줄은 몰랐던 것이다. 그래도 나는 대답했다. 이런 부류를 나눠봤다는 건 당연히 나에 대해서도 생각해본 거니까.

"음, 나는 사실 이 세 가지 부류 중에 아무 데도 속하지 않아. 하지만 다시 그때로 돌아간다면 세 번째 부류를 선택할 것 같아."

J가 대답했다.

"인디고 아이들도 그 세 가지 부류에는 속하지 않는 것 같아요. 또 다른 부류인 셈이죠. 하지만 선생님은 저보고 세 번째를 선택해서 중고등학교 시절을 보내라는 말씀인 거죠?"

J는 역시 현명했다. 내가 말하고자 하는 핵심을 금방 잘 파악했다. 나는 말을 이어갔다.

"그래, 맞아. 인디고 아이들은 특별해. 분명히 보통 아이들과는 다르지. 너의 이야기를 들어봐도 텔레파시 능력이 있고, 미래에 일어날 일을 미리 알아차리는 예지력도 있고, 다른 사람들보다 더 총명하고, 창의적 사고를 하고, 우주의 메시지도 잘 수신하고 여러 가지로 뛰어난 능력이 있는 아이들이지. 하지만 그 능력을 정말 세상을 위해서 잘 사용하려면 일단은 그 재능을 발휘할 수 있는 무대 위로 올라가야지. 그 무대로 올라갈 때까지 딱 몇 년만 세상의 법칙에 따르라는 거지. 그럼 모든 게 쉽게 풀리거든. 세상이 굉장히 복잡한 듯 보이지만, 의외로 간단할 수 있어. 우리나라만 그런 게 아니야. 가장 자유로워 보이는 미국도 마찬가지야. 보다 창의적이고 자유로울 것 같은 유럽도 그렇고. 외국 영화들을 보면 우리나라만 학벌이 좋은 사람과 재산이 있는 사람을 대접해주는 게 아니야. 물론 그 상대적인 강도는 다를 수 있지만, 근원적으로 깔린 생각은 어디나 마찬가지야. 그게 물론 옳다는 이야기는 아니야. 가짜가 진짜를 이기는 세상일 수 있지. 그러나 진짜가 가짜를 물리치고 제대로 우뚝 서려면 일단은 가짜들이 설치지 못하게 그 자리를 채워야 한다는 거야. 인디고 아이들도 진짜 영혼이 맑고 우수한 아이들이지. 그렇지만 가짜에게 힘이 있는 자리를 모두 내준다면 이 세상을 어떻게 바꿀 거야? 언제나 가짜들이 진짜처럼 행세하고, 거짓이 참을 이기고, 정의가 불의에 조롱당하는 세상을 어떻게 바꿀 거냐고!"

나는 조금 흥분이 되어 목소리가 커졌다. J도 놀라서 내 얼굴을 쳐다보았다. 그리고 조심스럽게 말했다.

"선생님, 알겠어요. 선생님이 걱정하시는 부분을 잘 알겠어요. 가짜가 진짜인 척하는 게 정말 꼴 보기 싫다는 말씀이잖아요. 그리고 우리 인디고 아이들처럼 능력이 뛰어나고 영혼이 맑은 아이들이 자라서 이 세상을 진짜로만 가득 채우라는 이야기잖아요. 중고등학교 시절을 그 도구로 삼아 무림의 고수처럼 칼을 갈아서 제대로 세상의 무대 위로 나아가라는 말씀이죠?"

나는 한 마디로 내 생각을 정리해주는 J가 고마웠다. 그래서 조금은 감동한 목소리로 대답했다.

"J야, 바로 그거야."

J는 천천히 고개를 끄덕였다. 그리고 말했다.

"선생님, 저도 선생님 이야기를 듣고 나니 생각이 많아지네요. 이 우주가 무조건 우리 인디고 아이들을 보호해주고 세상에 무대를 마련해줄 수 있을 거라고 믿었거든요. 인디고 아이들도 가끔 우주의 메시지를 잘못 받을 때도 있나 봐요. 하긴 우리가 신은 아니니까요. 사실 우리는 그저 우주의 도구일 뿐이죠. 신호를 잘못 받을 수도 있겠죠. 그런데 선생님과 대화하면 어떤 실마리가 느껴져요. 제가 나아가야 할 길의 방향이나 신호 같은 게 보이는 것 같아요. 그러고 보면 제가 신호를 잘못 알아차리는 걸 제대로 가르쳐주려고 이 우주가 선생님을 제게로 보내셨는지도 모르겠네요. 구체적이고 확실한 신호를 주려고요."

J의 이 말을 듣자, 뭔가 그럴듯해 보였다. J의 말이 맞든, 어떻든 J가 나는 중고등학교 시절에 세 번째 부류를 선택해서 세상을 바꿔주기를 바랐다. 분명 J는 능력이 있는 아이였다. 신비로운 능력도 있고, 세상에서 좋은 위치를 차지할 능력도 있었다. 그 능력들이 서로 시너지 효과를 내면 다른 사람들보다 훨씬 수월하게 좋은 무대에 설 수 있을 텐데, 안타까웠다. 인디고 아이들처럼 영혼이 맑은 사람들이 이 세상에 힘이 있는 자리에 오른다면 사심을 버리고 세상을 더 이롭게 만들 수

있을 텐데 하는 생각에서다.

보통 사람들은 다 본성과 이기심에 휘둘리고 세상의 유혹에 쉽게 넘어가지만, 인디고 아이들은 타고난 성품 때문에 그 영혼이 맑고 투명해서 본성적으로 그렇게 될 수 없다. 인디고 아이들은 자신의 솔직한 감정을 속이거나 가식적으로 좋은 척하는 행동을 못 한다. 또 인디고 아이들은 선천적으로 불의와 타협하지 못한다. 그래서 인디고 아이들이 이 세상을 바꿀 힘이 있는 자리에 있다면 이 세상은 훨씬 아름답고 깨끗하게 바뀔 것이다. 정말 진짜가 가짜를 물리치고 진짜로 가득 찬 세상을 만들 수 있을 것이다.

인디고 아이들이 이 세상에 태어난 주된 목적은 인류를 진화의 다음 단계로 데려가기 위해서라고 한다. 우리 내면의 힘과 고결한 성품을 깨닫게 해주기 위해서 그들은 우리 곁으로 온 것이다. 인디고 아이들을 연구하는 학자들도 만일 인디고 아이들이 우리 사회의 중추적인 지도자 그룹으로 자리를 잡았을 때는 우리 인간 세상의 모든 구조가 완전히 변혁될 것이라고 한다.

인생을 살면서 '선택의 순간'은 정말 중요하다. 우리는 수많은 선택지 앞에 놓일 때가 많다. 그런데 나의 삶이나 다른 사람의 삶을 돌아보면 우리가 일상에서 마주하는 사소한 선택조차도 미래에 엄청난 나비효과를 일으킬 때가 많다. 그 결과는 심지어 생과 사의 갈림길에도 이르게 한다. 하물며 중고등학교 시절을 어떻게 보낼 것인가의 이 선택의 문제는 얼마나 중요한 일일까. 나는 J가 현명한 선택을 하여 자기의 인생을 화려한 날갯짓 속에 띄우기를 간절히 바랐다.

어느덧 겨울방학이 다가왔다. J와 나는 겨울방학 때도 계속 만나 이야기를 나눴다. 나는 이번 겨울을 지나고 나서 새 학기가 될 때쯤이면 이 소도시를 떠날 계획이었다. 어차피 학원 강사를 오래 하려고 했던 것이 아니라, 잠시 머물다 가는 정류장 정도로 생각했던 차였다. 이제 J를 자주 볼 수 있는 날도 얼마 남지 않았던 거다. 이런 이야기를 J에게 들려주자, J가 나에게 말했다.

"선생님, 이제 선생님과 자주 못 보겠네요. 선생님 수업도 못 듣고요. 그래도 아직 겨울방학이 많이 남았으니 그나마 다행이네요. 이제까지 선생님과 이야기를 많이 나눴던 것도 전 무척 좋았어요."

J는 모든 면에서 정말 긍정적인 아이였다. 어떤 상황이 와도

좋은 쪽으로 해석을 하는 편이었다. 나는 J에게 말했다.

"응, 그렇지. 나도 J와 이야기를 한 게 참 즐거웠어. 도움도 많이 되고. 인디고 아이들 존재도 새롭게 알고 말이야. 다른 곳에 취직해도 아직 이 동네에서 이사는 안 갈 거니까, 가끔 놀러와. 한 일 년은 이 동네에 계속 살 것 같아. 오피스텔 계약 기간도 남았고."

J는 웃었다. 그리고 나에게 이렇게 말했다.

"선생님, 그럼 이번 겨울에 여행을 같이 가요. 겨울 바다를 보러 가고 싶어요."

나도 갑자기 바다가 보고 싶어졌다. 어릴 때부터 바다를 보고 자라서인지, 마음이 허전해질 때면 늘 바다가 그리워졌다. J의 제안에 나는 흔쾌히 동의했다. 그리고 우리는 날을 잡고, 동해로 떠났다.

강릉에 있는 안목해수욕장으로 일단 목적지를 정하고 떠난 우리는 고속도로를 타고 열심히 달렸다. 나에게 가장 위안을 주는 존재 중 하나인 QM6를 타고 겨울의 한가운데로 나아갔다. 지중해가 연상되는 푸른 바다색의 이 차를 타고 고속도로를 달릴 때면 해방되는 기분을 느끼곤 했다. J도 그런 것 같았다. J는 가끔 창문을 활짝 열고 겨울바람을 온몸으로 맞이했다. 다행히 이날은 그리 춥지 않았고, 바람도 매섭지는 않았다. 겨울치곤 몹시 포근한 날씨였다. 만화 영화에나 나올법한 뭉게구름이 푸른 하늘에 그림처럼 매달려 있었고, 햇살도 포근한 느낌이었다.

J는 운전하는 내 옆에서 계속 이야기를 했다. 덕분에 졸리거나 지루하지 않았다. J가 물었다.

"선생님, 그럼 이번 겨울 지나면 어떤 일을 하실 건가요? 혹시 다른 학원으로 가시는 건가요?"

내가 앞을 응시한 채 대답했다.

"음, 다른 일을 할 것 같아. 계속 학원 강사를 할 거면 그냥 다니던 데 다니면 되지. 그게 아니라, 이번에 신문사에 취직되었어. 봄부터 나가기로 했지."

J가 놀라면서 물었다.

"아, 정말이요? 잘되었네요. 그럼 어떤 일을 하는 건가요?"

나는 계속 앞을 보면서 말했다.

"응, 교육신문사인데 독자층은 주로 선생님들이야. 네가 아는 일반적인 신문을 만드는 일과는 좀 다르지. 매일 나오지도 않고, 일주일에 한 번 나오는 신문이야. 그리고 교육전문지라서 교육 관련 이슈만 다루는 신문이지. 거기서 나는 교육청을

출입하고, 취재해서 기사를 작성하는 일을 할 거야. 학교 선생님들도 인터뷰하고, 또 선생님들이 주장하는 목소리도 취재해서 실어주고. 뭐 그런 일을 하는 거야."

J는 자기가 더 신나 하면서 말했다.

"와, 재밌겠어요. 똑같이 학교와 관련된 일이지만, 신문 기자로 뛰어다니면서 취재하는 일은 어쩐지 멋있을 것 같아요."

나는 J를 한번 돌아보면서 싱긋 웃으며 말했다.

"그래, 맞아. 나도 그래서 그 일을 하기로 한 거야. 나는 학원에 갇혀서 매일 수업하는 일보다는 좀 돌아다니면서 취재하고 글을 쓰고 하는 일이 더 맞는 것 같아서. 학원 강의실에서 늘 지내다 보니, 너무 답답해. 그리고 학교에서 너희들이 중간고사, 기말고사를 치면, 나도 그 주기에 맞춰 바쁘잖아. 아이들 시험 준비도 또 시켜야 하니까, 나도 평소보다 더 긴장되고 말이야. 학교를 졸업하고도 계속 학교에 다니는 느낌이 들거든. 그래서 학원 강사는 내게 안 맞는 것 같아서 오래 할 수는 없었어."

J는 혼자 콧노래를 흥얼거리다가 문득 나에게 다시 물었다.

"선생님, 저는 나중에 어떤 직업을 가질까요?"

나는 운전대를 여전히 잡은 채 대답했다.

"글쎄다. 아직 중학생이니까 지금 당장 결정할 필요는 없겠지. 그냥 방향만 크게 잡아보면 어떨까. 예를 들어, 글을 쓰는 일이라든지, 기계 쪽이라든지, 자기가 관심이 있는 어떤 분야를 넓게 생각해보는 거지. 왜냐하면 비슷한 일이라도 여러 가지 선택지가 있기 때문이야."

J가 고개를 갸웃거리면서 말했다.

"저는 딱 하나를 정해야 하는지 알았어요. 목표가 구체적이라야 뭔가 이루고 싶은 의욕이 생기지 않을까요?"

나는 여전히 앞을 응시한 채 대답했다.

"그렇긴 하지. 때로는 그렇지. 그런데 좀 포괄적으로 넓게 생각해 놓아야, 혹시라도 그 목표에 도달하지 못했을 때 대안을 생각해볼 수 있는 거지. 왜 매번 너무 목표 지향적인 사람들이 성공은 잘하지만, 때로는 그게 이루어지지 않았을 때 좌절도 그만큼 쉽게 하잖아. 그러니 넓게 한 분야를 목표로 설정해놓으면, 여러 단계의 선택지가 있어서 설사 자기가 어떤 성과에 도달 못 해도 좌절하지 않을 수 있어. 왜냐하면 그다음 단계를 선택하면 되니까 말이야. 예를 들어, 나처럼 이름이 있는 일간지 신문 기자는 못되어도 전문지 신문 기자는 될 수 있는 것처럼, 자기가 어떤 종류의 일을 하고 싶은지만 잘 생각해 놓으면

하고 싶은 일을 하고 살 수 있는 거지."

나의 이 설명에 J는 고개를 끄덕였다.

"그렇군요, 선생님. 너무 성과 위주로만 인생을 살다 보면 좌절하기 쉽겠네요. 목표만을 위해 살아가는 게 아니라, 자기가 무슨 일을 하고 싶은지, 그 하고 싶은 일에 집중하면 더 신나게 살 것 같아요."

내가 재빨리 J의 말을 이어갔다.

"그래, 맞아. 인생은 긴 것 같기도 하지만, 몹시 짧거든. 너희들 나이 때는 한없이 많은 날이 남아 있는 것 같지만, 사실 눈 한번 깜짝하면 세월은 훅 달아나지. 내가 전에 말했듯이 인생을 변화시킬 수 있는 그 시기, 중고등학교 시절만 빼고는 자기가 하고 싶은 걸 하면서 사는 게 좋겠지. 어떤 사람은 자기가 좋아하는 일보다는 돈을 많이 버는 일을 선택하기도 하지. 하지만 인생은 그렇게 시간을 무의미하게 보내기에는 너무 짧거든. '무림의 고수가 세상을 등지는 시간'을 제외하고는 자기가 좋아하는 일을 선택하는 게 좋아. 사실 어떤 의미에서는 '무림의 고수'가 되어 지내는 그 시간도 결국은 자기가 좋아하는 일을 더 나은 위치에서 하기 위해 보내는 시간이니까 말이야. 그 시간이 의미가 있으려면 그다음부터는 자기가 좋아하는 일을 선택해야겠지."

우리는 이윽고 안목 해변에 닿았다. 신발이 쑥쑥 빠지는 모
래사장을 지나서 바다 가까이 다가갔다. 큰 파도가 하얀 이를
드러내며 우리를 향해 으르렁대고 있었다. 역시 바다였다. 파
도의 생명력과 에너지를 느꼈다. 탁 트인 바다를 보자니, 온몸
과 정신이 정화되는 듯했다. J는 모래사장을 깡충대며 뛰어다
니고 있었다. 우리는 그렇게 한참 동안 각자의 방식으로 바다
와 만났다. 그러다가 J가 나에게로 다가와 말을 걸었다.

"선생님, 선생님은 바다를 보면 무슨 생각이 드세요?"

나는 계속 바다를 응시한 채 대답했다.

"음, 나는 바다를 보면 진짜 나를 만나는 것 같아서 기분이
좋아."

J가 눈을 동그랗게 뜨고 나를 빤히 쳐다보았다.

"아, 선생님도 저랑 똑같네요. 저도 바다를 보면 진짜 제가
보이는 것 같아요."

나도 신기했다. J와 나는 가끔 보면 정말 많이 닮은 면이 있
는 것 같다.

"그렇구나. 신기하네. 우리는 정말 평소에는 '가짜 나'일 때
도 있지. 다른 사람이나 주변 상황을 의식할 때 가짜의 내가

나타나는 법이지. 그런데 선택하는 순간에는 항상 진짜 내가 그 결정을 하도록 훈련할 필요가 있어. 작은 선택일 때도 진짜 내가 가짜 나를 누르고 재빨리 나서는 연습을 해야 한다는 거지. 남의 눈치나 환경에 휘둘리게 둬서는 안 돼. 사소한 선택도 자꾸 가짜 내가 하도록 내버려 둔다면 그게 습관이 되어 중요한 선택의 순간에도 진짜 내가 나설 수 없게 되는 거지."

J는 크게 고개를 끄덕였다.

"그렇긴 해요. 그런데 사실 우리 인디고 아이들은 항상 진짜 내가 주도권을 잡아요. 우리는 천성적으로 그렇게 타고났다고 하네요. 그런데 사회에 길들여가다가 보면 가짜 내가 주인공이 될 때도 있어요. 그럴 때 우울함이 저를 누르죠. 사람은 자기가 자기답지 못할 때, 진짜 나보다 가짜가 더 주인공으로 살아갈 때 우울증에 빠지는 것 같아요. 그 우울함의 벽을 넘으려면 가짜 나를 몰아내야 하죠."

나도 그랬다. 현실에서 내가 나답지 못할 때 우울해졌다. 그런 우울감이 깊어질 때 이렇게 바다를 찾아오면 저 수평선 너머로 진짜 내가 환하게 웃고 있는 것처럼 느껴졌다. 그래서 나는 바다를 좋아한다. 진짜 나를 대면하면 다시 에너지를 얻고 세상 속으로 힘차게 걸어갈 수 있는 것이다. 내가 또 철학 전

공자답게 J에게 철학 상식을 한마디 알려 주고자 입을 열었다.

"J야. 이 '진짜와 가짜'의 개념은 서양 철학에서도 아주 중요하게 다뤘지. 특히 서양 철학의 대부라고도 할 수 있는 플라톤은 '현상과 본질'이라는 개념으로 이 진짜와 가짜를 파고들었어. 너도 대략은 알고 있겠지만, 플라톤은 우리 눈에 보이는 '현상'적 세계가 가짜이며, 진짜인 본질적인 세계를 모사하는 세계라고 생각했지. 그래서 '눈에 보이는 세계'보다 '눈에 보이지 않는 세계'가 더 중요할 수도 있다는 거야. 현상만 보고 본질을 왜곡해선 안 되지. 가짜 내가 등장해서 휘젓고 다녀도, 그 안에 있는 본질적인 진짜 내 모습을 잊어선 안 되는 거야. 가짜 나는 그냥 진짜 나를 흉내만 내는 존재일 수도 있지. 진짜 나는 본질적으로 따로 있는데도 말이야. 예를 들어, 아주 사소한 비유를 하자면 옷을 사러 가잖아. 그런데 자기가 좋아하는 무지개색을 사고 싶은 거야. 하지만 같이 따라간 친구가 너무 튄다고 이야기해주는 거야. 그래서 자기가 사고 싶은 무지개색 대신에 다른 색깔을 고르는 거지. 자꾸 그렇게 하다 보면 나중에 진로를 선택할 때도 주변 어른들이 선택해주는 대로 갈지도 몰라. 주변을 자꾸 의식하다 보면, 가짜 나의 선택에 길들여져서 가짜 내가 선택한 그 길로만 따라가게 되겠지.

그럼 진짜 나는 자주 등장하지 못하고, 점점 그 내면은 우울해지는 거야. 어쩌면 플라톤이 말한 본질적인 모습도 사물의 본질뿐만 아니라, 인간 내면의 본질에도 주목하라는 식으로 해석해도 좋을 거야."

J가 눈을 크게 떴다.

"아, 선생님. 플라톤의 이원론적 세계관은 들어봤지만, 선생님처럼 그렇게 진짜 나와 가짜 나로 해석하는 건 처음 들어봤어요. 좀 색다른데요. 늘 한 가지 틀 안에서만 어떤 철학자의 생각이나 비유를 넣어볼 필요는 없겠네요. 여러 가지로 시도해봐도 재밌네요."

그렇다. 진짜와 가짜는 여러 관점에서 생각해볼 수 있다. 그러나 뭐니 뭐니해도 가장 중요한 건 진짜 나를 잃어버리지 않은 채 살아가는 일일 것이다. 그걸 제일 잘하는 사람들이 바로 인디고 아이들이 아닐까. 그러니 가짜가 설치는 이 세상을 구원해줄 존재도 역시 인디고 아이다. 그러나 자기 자신을 구원해줄 존재는 역시 자기 자신뿐이다. 누구나.

육체

육체는 여러분 자신의 가축이다. 즉 여러분이 타고 있는 말(馬)이다. 그러므로 여러분은 자신이라고 생각하는 육체를 잘 다루고 보살펴야 한다.

－『운명의 바람 소리를 들어라』 중에서

5장

선물

우리는 바다가 내려다보이는 카페의 2층으로 올라갔다. 겨울철이고 평일이라 그런지 창가 자리가 남아 있었다. 아무래도 따뜻하고 안락한 공간에서 바다를 바라보니까 우리는 마음이 좀 더 편해졌다. 그래서 그런지 J가 오늘은 색다른 이야기를 꺼내놓았다.

"선생님, 사실 제가 좋아하는 애가 있거든요. 그런데 그 애에게 좋아한다고 고백했더니, 자기도 제가 싫은 건 아니래요. 하지만 제가 인디고 아이라고 말하니까 자기는 좀 특별한 상황에 놓이는 건 싫다고 하더라고요. 그냥 평범한 사람과 사귀고 싶고, 또 아직은 공부해야 할 시기라 대학에 들어갈 때까지는 모든 걸 미뤄놓겠다고 하네요. 저는 그 애가 너무 좋아서 매일

보고 싶은데, 어떻게 하면 좋을까요?"

나는 이 말을 듣자, J에게 해주고 싶은 이야기가 떠올랐다. 그래서 나는 J에게 물었다.

"너는 그 감정이 언제까지 계속 갈 거라고 생각하니?"

J가 내 말이 끝나기도 전에 기다렸다는 듯이 대답했다.

"죽을 때까지요."

나는 J를 한참 동안 바라보았다. 그리고 내가 대학교 선배에게 전해 들은 이야기를 들려주어야겠다고 생각했다. 나는 J에게 말했다.

"J야. 내가 이번 봄에 말이야. 교육전문지 기자로 자리를 옮기게 된 것도 평소 친하게 지내던 대학 선배가 추천해줘서 그렇게 된 건데, 그 선배에게서 들었던 이야기를 해줄게. 네 이야기를 들으니까 문득 생각나서 말이야. 그 선배도 중학교 때 정말 좋아하던 친구가 있었대. 어느 날 학교 복도에서 그 애가 마주 걸어오는데, 그 아이 주변에 아우라 같은 게 보이면서 사랑에 빠졌다는 거야."

J가 눈을 반짝거리면서 듣고 있다가 이렇게 외쳤다.

"와! 선생님. 진짜 멋진 이야긴데요. 마치 어느 영화의 한 장면 같은데, 실제로 그런 일이 있었다니 대단하네요. 그래서요?

어떻게 되었어요? 그다음 이야기가 너무 궁금해지네요."

나는 J의 반응이 폭발적이라, 내가 하는 이야기에 나도 더 빠져들었다.

"응, 그런데 그 선배도 그 아이에게 고백했는데, 너처럼 거절을 당했지. 역시나 네 경우와 좀 비슷해. 대학에 가려면 공부에만 신경을 써야 하고, 다른 데 마음을 빼앗길 수가 없다고 했지. 하지만 그 아이도 이 선배가 싫지만은 않았던 것 같아. 고백하기 전에 썸을 타듯 친하게 지낼 때는 이 선배에게 크리스마스 선물까지 주었으니까 말이야. 이 선배는 미처 준비도 못 했는데 말이지. 그 아이는 교회에 다니고 있어서 이 선배에게 교회를 같이 다니자고 했지. 교회를 처음으로 같이 가기로 한 날이었대. 하필이면 그날따라 폭설이 내린 거야. 그래서 도로에 눈이 너무 쌓여서 버스도 끊기고 제설작업은 일요일이라 더 늦어졌지. 교회에 가는 시간은 다가오는데, 이 선배는 어떻게 할지 모르고 있었대. 그런데 그 아이에게서 연락이 왔던 거야. 자기는 걸어서 교회에 갈 거라면서, 교회 버스가 지금 그 선배가 사는 동네로 오고 있으니, 그 버스를 타고 오라고 말해줬어. 그리고 교회 근처에서 만나자고 말이야. 그 교회와 아주 먼 동네에 살고 있었는데도 이 선배는 그 애를 만나러 교회 버스를 타려고 한참 추위 속에서 서 있었다는 거지. 그렇게 만나러 가게 된 거야. 그 당시는 추위 정도는 아무것도 아니었대. 오로지 그 아이가 보고 싶고, 같이 있고 싶은 마음뿐이었다고 해. 그 선배는 결국 교회 버스를 탈 수 있었고, 그 애가 말하는 장소에 내려서 기다리고 있었대. 그런데 그 눈더미 속에서 그 아이가 걸어오는데, 아우라가 장난이 아니었다는 거야. 이 선배는 폭설이 내린 그날 아침에 그 아이가 눈더미 사이를 걸어오던 그 모습을 평생 못 잊는다고 말했어."

J가 감탄하면서 탄성을 내질렀다.

"아, 선생님, 마치 영화의 한 장면 같군요. 그렇게 친하게 지냈는데도 왜 두 사람은 잘 안 되었나요?"

내가 J에게 조금 다급하게 말했다.

"아직 이야기가 안 끝났어. 조금 더 들어봐. 그런데 이 선배는 그렇게 교회를 따라다니면서 성경공부도 하고, 세례도 받고 그 아이 주변을 맴돌았지. 그리고 그 아이로부터 크리스마스 선물도 받고 말이야. 예쁘게 포장한 그 크리스마스 선물이 뭐였냐 하면, 작은 자물쇠가 달린 일기장과 투명하게 울리는 예쁜 종이었대. 그 아이 친구들 이야기에 따르면, 그 선배에게 크리스마스 선물을 주려고 깡충거리며 선물 가게를 뛰어다녔다는 거야. 그 아이와 친한 친구들이 전해주길, 그렇게 즐거워하던 그 아이 모습은 근래 들어 처음이었다는 거지."

J가 갑자기 내 말을 끊었다.

"에이, 선생님. 그럼 그 아이도 그 선배를 좋아한 거였네요. 단지 전도를 하기 위해 그런 것 같지는 않은데요."

내가 말을 이었다.

"그렇지. 그럴 수도 있겠지. 자, 들어봐. 이 이야기는 그다음이 좀 더 충격적이야. 긴 시간을 통해 일어나는 일이라서 말이야."

J가 눈을 반짝이면서 말했다.

"아, 선생님. 그렇군요. 그럼 이제 조용히 있을게요. 계속 이야기해주세요."

나는 탁자에 놓인 차를 한 모금 마셨다. 겨울이라 생강차를 주문했는데, 벌써 좀 식어 있었다. 나는 이야기를 이어갔다.

"그런데 J야. 그 선배도 네가 나에게 상담을 하듯이 담임선생님에게 자기 고민을 털어놓았다는 거야. 마침 그 학급의 개인 면담 시간이 있었는데, 담임선생님이 개인적인 고민도 상담을 해주신다고 해서 이 선배 차례가 되자, 담임선생님에게 말씀드렸대. 그 아이를 너무 사랑하는데, 자기감정을 주체할 수 없다고 말이야. 하지만 거절은 당했고, 어떻게 하면 좋을지 모르겠다고. 그랬더니 그 선생님이 이렇게 말씀하셨다는구나. 청소년기에 누군가를 좋아하는 감정은 누구나 가질 수 있다고. 그런데 긴 인생을 살다 보면 그 감정이 그리 오래지 않아 옅어지거나, 사라지게 될 거라고. 대학을 가거나 사회에 나가서 또 새로운 사람을 만나면 청소년기에 가졌던 이 감정들은 옅어지거나 예쁜 추억으로 남게 된다는 거지. 담임선생님의 이야기를 듣고 그 선배는 너무 답답했다는 거야. 자기는 평생 갈 것 같은 느낌이었다는 거였지. 하지만 담임선생님은 단정적으로 말씀하셨다지. 다 지나갈 거라고. 지나가는 감정이라고. 모두가 겪는 일이라고."

J가 다시 물었다.

"그래서 어떻게 되었나요? 정말 그 선배는 다 잊게 된 건가요?"

나는 그 선배가 해준 그다음 이야기가 떠올라 천천히 입을 떼었다.

"아니었어. 그 선배의 담임선생님 말씀도 일면은 맞다고 할 수 있지. 하지만 모든 경우에 다 들어맞는 건 아니었어. 세상엔 수많은 사람이 있고, 모두가 그 틀에 맞춰 살아가는 건 아니기 때문이지. 그 선배는 학창 시절에는 늘 그 아이를 멀리서 지켜보며 마음을 달랬고, 졸업 후에는 각자의 길로 가서 소식이 끊어졌대. 그리고 한참 지난 후에야 두 사람은 우연히 만나게 된 거야. 그 선배는 평생 그 아이를 마음속에 품고 있었지. 그 담임선생님 말씀은 이 선배에게는 해당이 안 되었던 셈이야. 이 선배는 대학에 가서도 다른 사람을 만났지만, 그 아이가 계속 잊히지 않더래. 그런데 어쨌든 다시 만나게 되었는데, 그 아이의 상황이 많이 안 좋았던 때였대. 그래서 결국 같이 살게 되었다고 해."

J가 탄성을 질렀다.

"우와! 그럼 이제 그 사랑이 이루어진 거네요! 대단해요."

나는 조용히 말을 이었다.

"그렇지. 오랜 기간 혼자만 품어왔던 그 사랑이 이루어진 거지. 그런데 결말은 해피엔딩이 아니었어. 몇 년을 함께 살았는데, 그 선배는 자기가 할 수 있는 모든 것을 다해서 사랑을 줬다고 말하더군. 그런데 어느 날 우연히 그 아이의 일기장을 보게 되었는데, 상황이 나빠지면 그 선배를 떠날 거라고 적혀 있었대. 그걸 보고 나서 한바탕 큰 싸움이 있었지만, 그 선배는 그럴수록 더 모든 걸 다 쏟아부었다고 하더군. 그 사랑이 깨어

지지 않기 위해서. 하지만 결국 어느 날, 예고도 없이 그 아이
는 떠나버렸고 연락을 끊어버렸대. 그 선배는 혼자 남게 된 거
지. 그리고 그 이후 오직 일에만 파묻혀 지내면서 다시 좋은
상황을 만들어서 그 아이에게 연락할 방법을 찾아보려고 때를
기다리고 있었대. 다시 몇 년이 지나고 그렇게 준비가 거의 끝
나갈 무렵, 어느 날이었다고 하더군. 한밤중에 전화를 받았다
고 해. 친구들에게서. 그 선배는 잠들어 있다가 전화를 받았는
데, 머리를 쇠망치로 맞는 듯한 충격적인 소식을 들었다고 해.
그 아이가 그날 죽었다고."

J가 놀라면서 깊은 한숨을 내쉬었다.

"세상에, 어떻게 그런 일이 있을 수 있죠?"

나도 긴 탄식을 쏟아내며 대답을 했다.

"그러게 말이야. 인생은 참 알 수가 없는 법이지. 그 선배가
사실 이 이야기를 내게 털어놓은 것도 그 소식을 접하고 몇 년
이 지난 후였어. 그 전화를 받은 이후로 그 선배는 거의 아무
것도 할 수가 없었다는 거야. 계속 눈물만 나고, 일에도 집중
할 수 없었대. 누가 톡 건드리기만 해도 눈물이 나고 분노가
솟아올랐다는 거야. 운명이 너무 야속했던 거지. 자기는 거의
다 준비가 끝나가고 있어서, 연락을 한번 해보려고 하던 즈음

이었다는 거야. 그래서 가만히 앉아만 있어도 계속 그 아이가 생각나서 눈물이 줄줄 흘러내렸다는 거지. 아무것도 할 수 없었대."

J가 휴-우 하고 한숨을 내쉬었다. 내가 말을 이었다.

"그 선배는 이상하게도 그 후 몇 년 동안은 꿈도 꾸지 않았대. 그 아이에 대한 꿈을. 그렇게 깊은 슬픔에 잠겨서 일상생활을 거의 못했는데도 꿈에는 나타나지 않았다는 거야. 그런데 한참 후에 몇 년이 지나자, 그제야 그 아이가 꿈에 나타났다는 거지. 그때야 비로소 치유되기 시작한 거였어. 사실 꿈이란 것도 우리의 고민이나 갈등을 해소해주는 매개체이긴 한데, 너무 깊은 상처는 꿈에서조차 나타나지 않는 거야. 꿈에 나타나는 소재들은 그래서 그 사람이 감당할 수 있을 만한 것들로만 이루어지는 셈이지. 우리가 밤에 꾸는 꿈이 비유와 상징으로 이루어진 게 모두 다 이러한 충격을 완화하려고 그러는 거야. 그런데 이 선배에겐 그 아이의 죽음이 너무나 충격적이라 어떤 식으로도 몇 년 동안 꿈에 전혀 나타날 수 없었던 거지. 그만큼 그 소식은 이 선배에겐 감당하기 어려웠던 거야. 그러던 어느 날, 그 아이의 꿈을 꾸고 나자 그 선배는 나를 불러내 이 이야기를 들려주는 거였어. 그제야 그 아이의 이야기를 털어놓을 수 있게 된 거지."

J가 나를 물끄러미 쳐다보았다. 그러고 나서 내게 물었다.

"그런데 선생님, 이 이야기를 왜 제게 해주시는 거죠? 제가 선생님에게 상담 드린 이야기에 대한 답변인가요?"

내가 대답했다.

"그래, 맞아. 인생은 짧다면 짧고, 길다면 긴 거야. 그리고 사랑이라는 감정도 누군가에게는 짧게 지나갈 수 있고, 또 누군가에게는 어떤 한 사람을 평생 사랑할 수도 있는 에너지를 가질 때도 있다는 거지. 사랑하는 감정은 어떻게 보면 사람들에게 '선물'과도 같은 것일 수 있어. 그러나 그 선물을 언제 뜯어보느냐에 따라 많은 게 달라질 수 있어. 그리고 그 선물이 긴 인생을 놓고 봤을 때 행복으로 다가올지, 비극으로 다가올지는 아무도 알 수 없는 거지. 네가 지금 가지는 그 감정도 이 선배처럼 평생 갈 수도 있어. 그런데 그 감정을 아무 때나 네가 내키는 대로 펼쳐놓으면 어떤 식으로 끝을 맺을지 아무도 모르는 거야. 사랑이라는 선물은 그 포장지를 열어볼 적당한 때가 있는 것 같아. 아무 때나 함부로 뜯어보아서는 안 되는 소중한 선물이지. 사랑도 준비를 해야 하는 것 같아. 그 사랑을 계속 지켜나갈 힘을 키운 사람만이 그 선물을 평생 간직할 수 있는 거야. 그래서 내가 이 이야기를 네게 들려준 거지."

J의 눈가가 촉촉해졌다. 그리고 작은 목소리로 내게 말했다.

"선생님, 그 선배 이야기를 듣고 나니까 뭔가 소름이 끼치는 것 같아요. 그 선배도 아마 그 감정이 그렇게 끝나게 될 줄 처음엔 몰랐겠죠. 저는 사랑이라는 감정이 너무 열정적이라서 제 마음만 진실하면 모든 게 다 잘되는 줄 알았어요. 그런데 사랑은 혼자 하는 게 아니라, 둘이 하는 거라 서로의 균형점도 중요한 거 같네요. 그리고 선생님 말씀처럼 아무 때나 그 감정을 열어보는 것도 자칫 비극적인 결말을 맞이할 인생의 시작일 수도 있다는 생각이 드네요."

나는 J에게 너무 절망적인 이야기만 해준 것 같아서, 다시 말을 이었다.

"J야. 그런데 인생이라는 건 말이야. 그렇게 더 내려갈 수 없을 것만 같은 비극적인 일이 일어나더라도 또 그다음은 알 수 없는 거야. 우리가 세상을 살면서 가장 경계해야 할 건 이러한 비극보다는 오히려 절망감이고 포기하는 마음이야. 이 선배도 그 충격적인 소식 이후에 모든 의욕이 사라졌대. 심지어는 그 아이를 따라갈까 하는 생각까지 들었다는 거야. 그 선배에겐 그만큼 그 아이의 존재가 소중했던 거지. 거의 전부나 다름없었어. 그런데 겨우겨우 마음을 추스르고 살던 중, 우연히 새로운 사람을 만났다는 거야. 그 선배는 평생 누군가를 만나도 그 아이에게 느꼈던 감정만큼의 강렬한 사랑은 느끼지 못했는데, 이 사람은 달랐다는 거지."

J의 눈이 다시 동그랗게 떠졌다. 어두워져 있던 얼굴이 환해졌다. J는 내게 물었다.

"아, 그럼 새로운 사랑이 나타난 건가요?"

나도 이제까지의 무거운 표정과는 달리, 살짝 옅은 미소를 지으며 답했다.

"그래, 맞아. 새로운 사랑이 나타난 거지. 사실 이 선배는 한 가지에 꽂히면 뭐든 정신을 못 차리는 편이었는데, 사랑에도 예외가 아니었어. 사랑은 더했지. 그래서 그 아이에게서 평생 헤어나오지 못하고 있었던 거야. 그렇게 쭉 계속될 줄 알았겠지, 그 선배도. 그 아이의 존재가 이 세상에서 사라지자, 삶의 의욕까지 사라져서 그 선배는 자신의 인생에 더 이상의 즐거움은 없을 거라는 생각을 했다는 거야. 하지만 어느 날, 기적과도 같은 일이 일어났대. 누굴 만나도 아무런 느낌이 없었는데, 첫눈에 반한 사람을 만난 거지."

J가 소리쳤다.

"와, 잘됐네요. 그래서 그 사랑이 이루어진 건가요? 어떻게 되었나요?"

나도 모르게 목소리 톤이 낮아졌다.

"아니야. 이번에도 선배 혼자만의 사랑이었어. 처음에는 서로 썸 비슷한 걸 탔지만, 첫눈에 반한 건 이 선배만의 감정이었지, 상대는 아니었던 셈이야. 상대는 이 선배에게 호감이 있었지만, 오랫동안 사귀어오던 사람이 있었고, 결혼을 앞두고 있었던 거지."

J가 절망한 듯, 고개를 떨구었다.

"아, 그 선배가 불쌍하네요. 겨우 지나간 사랑을 잊고 새로운 행복을 맞이할 기회였는데 말이에요. 그 두 사람은 참 기묘한 타이밍에 만난 것 같네요."

내가 대답했다.

"그러게 말이야. 사랑이란 선물은 언제 받느냐에 따라 그 결말이 많이 달라져. 하필이면 결혼을 앞둔 사람에게 첫눈에 반할 게 뭐냐는 말이지. 하지만 세계적 문학사에 빛나는 명작인 〈신곡〉을 쓴 단테도 약혼을 앞둔 베아트리체에게 첫눈에 반해서 평생 가슴 속에 그 사랑을 간직한 채 살았다고 해."

J가 놀라서 말했다.

"아, 그런 일이 있었군요. 저는 몰랐어요. 단테가 누군지도 잘 모르겠어요."

내가 말했다.

"그래, 아주 오래전 작가라서 네가 모를 수도 있지. 하지만 어쨌든 그런 낭만적인 이야기도 실제로 다 있었지. 단테에겐 그 베아트리체가 자신의 작품을 쓰게 하는 뮤즈가 되었어. 실제로 두 사람이 사귀지는 않았지만, 단테는 평생 베아트리체를 사랑하면서 자기의 작품을 쓸 때 영감을 얻는 원동력으로 삼았지. 사랑이라는 선물은 이렇게 좌절되어도 자신의 삶에 어떻게 다시 꽃을 피우느냐에 따라 그 가치가 달라지는 법이지."

J가 다시 그 선배 이야기를 물었다.

"선생님, 그럼 그 선배는 그다음에 어떻게 된 건가요? 또 다른 사람을 만났나요?"

나는 그 선배의 이야기를 다시 이어서 들려주었다.

"아냐. 그 선배는 첫눈에 반한 그 사람을 아직도 계속 마음에 품고 살지. 그 상대는 이미 결혼했지만 말이야. 그렇지만 이 선배는 혹독하게 사랑의 대가를 치러봤기에 이젠 서두르지 않는다고 해. 그냥 그 선물이 흘러가는 대로 내버려 둔다는 거야. 하필이면 참 아슬아슬한 타이밍에 만났던 인연이지만, 그 인연이 바로 이어지진 못해도 이젠 조급하게 생각하지 않는다는 거지. 이 새로운 사랑을 만나서 이 선배는 더 단단해진 거야. 지나간 사랑의 비극도 극복하게 되었고, 새로운 사랑에 대해서도 지난번의 실수를 되풀이하지 않기로 한 거지. 사실 첫번째 사랑도 이루어지긴 했지만, 그 결말이 너무 비극적이었잖아. 그러니 사랑이 단번에 이루어진다고 다 좋은 것도 아니라는 것을 이 선배는 학습한 거야. 제대로 된 사랑을 하려면 먼저 자기 자신부터 준비가 되어야 하고, 그 사랑을 끝까지 지켜나갈 힘도 있어야 하는 거고. 이제 그 선배는 섣불리 사랑이라는 선물의 포장지를 열어보지 않기로 했지. 그래서 그냥 흘러가는 대로 내버려 둔다는 거야. 그 선물이 저절로 열릴 때까지 기다리기로 한 거지. 인생은 짧다면 짧지만, 때로는 그 길 위에서 어떤 일이 일어날지 아무도 장담할 수가 없거든."

J는 짧은 한숨을 내쉬었다.

"그런가요. 그 선배는 참 외롭겠네요. 혼자 하는 사랑은 외롭지 않나요? 하지만 그 마음을 이해할 수는 있을 것 같아요. 아무리 다른 사람을 만나도 어떤 한 사람에게서 느꼈던 그 강렬함을 채울 수 없다면 그냥 혼자 그 사람을 마음에 품고 사는 것도 그리 나쁘진 않을 것 같아요."

내가 대답했다.

"그래, 그렇지. 그렇게 사랑을 혼자 간직하다가 또 우연히 새로운 사랑을 만날 수도 있는 거고, 아니면 평생 그렇게 살 수도 있는 거고. 아무도 알 수 없는 거지. 때로는 자기가 어찌할 수 없는 일을 만나면 그냥 흘러가게 내버려 두는 것도 좋은 방법이지. 마음을 비우고 말이야. 어떻게 하겠어? 하필이면 그 타이밍에 만난 것을. 마치 타임 루프 소재의 드라마에서처럼 시간을 거슬러 올라갈 수만 있다면, 그 사람이 혼자였을 때 짠- 하고 앞에 나타나고 싶겠지. 하지만 현실은 드라마가 아니니까, 그렇게 할 수도 없고. 이도 저도 도저히 어떻게 할 수 없을 때는 첫눈에 반한 사람이 이 세상에 존재하는 것만으로도 감사해하며 살아가야 하겠지. 그 사랑하는 감정은 혼자서 감당해내야 하는 거고 말이야. 그게 혼자만 사랑에 빠진 사람이 선택할 수 있는 유일한 길이겠지."

J가 다시 물었다.

"선생님은 그럼 저 보고 사랑이라는 선물의 포장지를 지금 열지 말라는 말씀인가요?"

내가 답했다.

"음, 너도 이 선배와 비슷한 경우가 아닐까? 일단은 네 고백을 거절당했다고 했잖아. 그런데 혼자 뭘 더 어떻게 하겠니? 게다가 상대는 자기 갈 길이 있다고 하고. 일단 지금은 아니라는 거잖아. 그럼 너도 네 갈 길을 일단은 가야 하는 거지. 상대가 거절하는데도 계속 앞으로 나아가려는 건 사랑이 아니지 않을까. 그건 이기심이지, 사랑이 아니겠지. 욕심이지, 사랑은 아니야. 혼자 그 사랑을 간직하는 것까지야 어쩔 수 없는 거지. 게다가 단테처럼 그 혼자만의 사랑을 인류에게 이바지하는 문학 작품의 탄생을 위한 영감의 지렛대로 사용한다면 더 아름다울 수 있겠지. 그렇지 않고, 받아들일 여건이 안 되는 상대에게 혼자만의 감정을 강요하는 건 선물을 흙탕물에 내던지는 꼴이야."

J는 다시 어두운 표정이 되었다. 그러나 뭔가를 골똘히 생각하더니 이내 밝아졌다.

"선생님 말씀이 맞는 것 같아요. 저도 생각을 정리해볼 좋은 기회였어요. 그런데 선생님에게 한 가지 말씀드릴 게 있어요. 뭐냐면 인디고 아이들에겐 미래를 볼 수 있는 능력이 있다고 했잖아요? 제3의 눈 같은 거요. 그런데 저는 제가 좋아하는 이 아이와 잘될 거라는 미래를 봤거든요. 그래서 사실 더 포기가 안 되는 거 있죠. 하지만 선생님이 들려주신 그 선배의 이야기를 듣다 보니, 어찌 됐든 그 미래를 위해 준비하는 것도 좋겠어요. 지금 당장 애를 끊고 제가 마음을 괴롭혀봤자 저나 그 애를 위해 좋을 건 하나도 없을 것 같아요. 오히려 저도 좀 더 멋진 사람이 되기 위해 노력해야겠다는 생각이 드네요. 누가 봐도 멋진 사람이 된다면 제가 제3의 눈으로 본 그 미래가 분명히 실현되겠죠. 그리고 선생님을 만나 이런 이야기를 듣게 되고, 제가 이렇게 새롭게 마음을 먹는 것도 모두 그 미래가 실현되기 위해 일어나는 한 과정이라는 생각이 문득 드네요. 운명대로 흘러가는 것 같아요."

나는 J의 이 말을 듣자, 인디고 아이들은 타고난 운명론자인가 하는 생각이 들었다. 그래서 J에게 물었다.

"그럼 인디고 아이들은 미래를 보니까, 모두 다 운명론자이겠구나. 운명은 모두 다 정해져 있다는 그 운명론 말이야. 그렇다면 다들 노력은 안 하게 되는 걸까. 인디고 아이들은 가만히 있어도 다 우주에서 오는 메시지대로 되는 거니까 말이야. 이건 어떻게 생각하니?"

J는 창밖을 한번 잠시 내다보더니, 다시 내게로 눈길을 돌리며 말을 시작했다.

"그렇죠. 인디고 아이들은 운명론자일 수밖에 없어요. 왜냐하면 미래를 볼 수 있으니, 어떻게 하든 그대로 흘러간다는 걸 여러 번 체험했으니까요. 그렇지만 사람들이 운명론에 대해서 조금 오해하는 게 있는데, 그렇다고 가만히 머물러 있지는 않아요. 인디고 아이들은 운명의 큰 흐름에 대해서만 메시지를 받는 거지, 매일매일의 구체적인 일정까지 다 정해진 메시지를 받는 건 아니니까요. 자기가 이 세상에 보내진 이유나 사명 같은 걸 전해 듣는 거죠. 그 사명을 이루기 위해서 헤쳐나가야 하는 건 결국 인디고 아이들 각자의 몫인 거예요. 그러니까 선생님도 검색해보셔서 아시다시피, 인디고 아이 중에는 그 사명을 다하지 못하고 낙오하는 애들도 있어요. 이렇게 운명을 마주했을 때 그 메시지를 따르지 않는 때도 있는 것처럼이요. 제가 지금 사랑하는 감정으로 혼란스럽고, 힘든 시기에 우주가 선생님의 이야기를 통해 메시지를 제게 전해주고 있다는 걸 못 알아차리면요. 그럼 저도 더 길을 잃고 헤맬 수가 있는 거죠. 빨리 그 흐름을 잡아야 하거든요. 저는 다행히 오늘 선생님과의 대화에서 우주의 메시지를 잡아낸 거예요. 제가 앞으로 어떻게 나아가야 하는지 구체적으로 감을 잡은 거죠. 그런데 만일 이러한 흐름을 알아차리지 못하면 또 더 헤매게 되고, 결국 그러한 게 쌓이고 쌓여 길을 더 잃거나 돌아가게 되면 제 사명을 다하지 못하거나, 그 시기가 지연될 수밖에 없을 거예요."

나는 J의 이야기를 곰곰이 생각해보았다. 그렇다면 미래를 안다고 하는 것도, 어떤 흐름 위에서 운명이 보내는 신호를 잘 잡아내야 한다는 의미라는 것을 말이다. 이런 생각을 하고 있는데, J가 말을 이어갔다.

"선생님, 조금 전에 선생님도 꿈에 대해 말씀하셨는데요. 사실 인디고 아이들은 우주의 메시지를 꿈을 통해서도 전해 들어요. 물론 처음부터 그걸 알아차리는 건 아니에요. 저도 어릴 때 여섯 살 때부터 이상한 꿈을 꾸기 시작한 거예요. 초록색 고깔모자를 쓴 요정이 나타나서 이상한 주문을 외우는 꿈을 며칠 동안 연달아 꾸기도 하고요. 그래서 전 제가 요정이 나오는 동화를 읽어서 그런 건가 하고 생각했죠. 하지만 그 꿈은 뭔가 달랐어요. 어린 나이지만, 저는 그걸 알 수 있었어요. 하여튼 그런 식으로 저는 자라면서 또래 아이들이 생각하는 수준을 넘어서 그 이상의 것을 깨닫기 시작한 거예요. 초등학교 때 저를 가르치던 선생님들도 이따금 대답하는 제 말을 들으면서 깜짝깜짝 놀라곤 했어요. 그래서 저보고 어른이 알려준

이야기냐고 물어보시던데, 저는 그냥 혼자 생각해서 대답한 말이었어요. 그래도 저는 제가 누군지, 어디서 왔는지 잘 몰랐어요. 그냥 뭔지 모르게 이상한 기운과 에너지를 제 주변에서 느끼긴 했지만, 인디고 아이라는 건 전혀 알지 못했죠. 하긴 이 '인디고 아이'도 저 같은 아이들을 연구하는 박사님이 스스로 만들어낸 거라서 당연히 제가 몰랐던 거죠. 제가 스스로에 대해 의문을 품으면 품을수록 정확하게 누군가 이야기해줄 사람도 없는 거예요. 그래서 저는 그때부터 아무 책이나 찾아서 읽기 시작한 거고, 또래 아이들과는 다른 세계로 점점 더 빠져든 거죠. 그리고 어느덧 알게 된 거예요. 제 정체에 대해. 제가 누구인지, 어디에서 왔는지, 그리고 어디로 갈 것인지 결국 그 해답을 찾게 된 거예요. 놀랍죠? 놀랍지 않나요, 선생님? 저는 제가 누군지 알았을 때, 비로소 주변을 감싸고 있던 그 에너지의 파장에 대해 이해하게 되었고, 뭔가 이 세상이 답답하게만 느껴졌던 이유를 알게 되었어요."

나는 J가 보통 사람들보다 자신의 자아를 찾는 일이 더 힘들었을 거란 걸 짐작했다. 인디고 아이들은 다른 또래 아이들보다 훨씬 지적으로 성숙해서 친구들과 어울려 지내는 것이 별로 재미가 없었을 거다. 마치 대학생이 초등학생들과 대화를 나누며 지내야 하는 그런 상황이 반복되었을 테니까, 아마 또래와 놀기보다는 독서의 세계에서 만나는 저자들과의 대화가 훨씬 더 흥미롭고 편안했을 것 같다.

인디고 아이들은 아마 자라면서도 더 그러할 것이다. 어른이 되어서도 그들을 이해해줄 수 있는 사람이 얼마나 될까. 인디고 아이들의 운명은 고독함, 그 자체일지도 모른다. 별에서 온 아이들이 서로 만나지 않는 이상, 보통 사람들과의 대화에서 그들은 무슨 흥미와 즐거움을 느낄 수 있을까. 별에서 온 아이들은 우주가 자신들에게 준 사명에만 몰두하면서 이 지구에서의 시간을 보낼 거라는 생각이 들었다. 그리고 사실 그게 그들이 여기 존재하는 이유이기도 할 거다. 나는 그런 J가 어떻게 이 지구에 사는 보통 사람에게 사랑이라는 감정을 느낄 수 있는지 갑자기 궁금해졌다. 나는 J에게 즉시 이 질문을 해보았다.

"J야, 갑자기 궁금한 게 생각났는데, 인디고 아이들은 우주의 메시지를 받으면서 자기 사명에만 집중할 것 같거든. 그런데 누군가를 사랑하는 건 우주가 보내는 메시지 중에는 없는 거지? 너는 왜 그 아이에게 사랑을 느꼈니?"

J는 나의 이 진지한 질문에 대해 웃으면서 대답해주었다.

154

"아, 선생님은 그런 점이 궁금하시군요. 제가 전에 말씀드렸 잖아요. 상대가 절 생각하면 그 모습이 눈앞에 보인다고요. 그 런데 사실 제가 누군가를 사랑하면 그 사람이 절 생각하는 마 음이 더 잘 느껴지는 것 같아요. 음, 예를 들어 제가 느끼는 안 테나가 보통 사람들에겐 보통 성능 정도의 안테나라면, 사랑 하는 사람에게는 특급 안테나가 그 기능을 발휘하는 것처럼 강렬한 신호를 보내요. 그러니까 제가 사랑하는 사람이 절 생 각하면 그 사람이 생각하는 강도만큼 제 마음에 떨림이 와요. 전율이랄까요. 에너지 파장의 떨림이랄까요. 어떻게 표현해 야 할지 저도 잘 모르겠지만, 어떤 파장이 느껴져요. 상대가 절 생각하면서 아파하면 제 마음도 동시에 아파요. 그 사람 기 분을 그대로 느낄 수가 있어요. 그 사람이 저를 생각하지 않고 있을 때는 마치 전파가 끊긴 것처럼 아무런 진동도 느낄 수가 없어요. 그럴 때 그 사람을 떠올리면 뭐랄까, 아주 두껍고 단 단한 벽 같은 것이 둘 사이에 놓인 게 느껴져요. 그리고 선생 님이 궁금해하신 그 문제는 말이에요. 우주가 그 사람을 사랑 하라는 메시지는 보내지 않아요. 그렇지만 어떤 사람을 봤을 때 어쩐지 그 사람과 제가 아주 강력한 어떤 보이지 않는 운명 의 끈으로 묶여 있다는 느낌은 강하게 받아요. 아주 특별한 인연 같은 느낌 말이에요. 그게 운명의 메시지라면 메시지일 수도 있겠죠. 처음 만났는데도 마치 오래전부터, 이 세상에 오기 전부터 그 사람과 제가 아주 특별한 인연이었다는 느낌이 강하게 드는 거 있죠. 그것도 연인 사이였다는 느낌이 들 때가 있어요."

J의 이야기를 듣자, 그 선배가 했던 말이 생각났다. 그 선배도 첫눈에 반한 사람을 만났을 때 오래전부터 알던 사람 같은 느낌이 들었다는 이야기를 했다. 분명 처음 만나는 사람이었는데도 아주 친근하게 느껴졌고, 오래전부터 사랑했던 사이 같은 기분이 들었다는 것이다. 마치 몇만 년의 시간을 거슬러 올라가 태고 때부터 알던, 그냥 아는 사이도 아니고 사랑하던 사람 같은 느낌이 저절로 생겼다고 한다. 선배도 그런 느낌은 평생 처음이었다고 말했다. 나는 J에게 말했다.

"그럼 네게 온 그 사랑이라는 선물은 갑자기 온 게 아닌 것 같구나. 우주가 미리 준비해둔 건 아닐까. 그러니까 네가 느끼기에 오래전부터 알던 사람, 아니 오래전에 연인이었다는 느낌이 들지. 그러니 그 선물은 열어야 할 때가 더 따로 있을 것 같아. 만남도 예정된 거라면 선물이 열리는 순간도 정해져 있겠지. 그러니 네가 안달복달한다고 해서 그때가 지금이 아니듯이 말이야."

나의 이 말에, J가 무릎을 탁하고 쳤다.

"아, 선생님, 바로 그게 정답인 것 같네요. 저는 제가 인디고 아이인데, 능력도 남다른데 왜 그 아이의 마음을 제가 마음대로 할 수 없을까 하고 이상하게 생각했어요. 제 뇌파로 그 아이의 마음에 계속 진동을 보내서 제 생각을 하도록 했거든요. 그런데 그럴 때마다 그 아이의 마음도 제게 반응은 보여요. 그 아이도 저를 생각하고, 그리워하고, 마음 아파할 때도 있어요. 하지만 결정적으로 변하는 거는 없었어요. 그래서 참 이상하다고 생각했어요."

나는 J에게 물었다.

"그런데 네가 말하는 걸 너는 다 어떻게 확인을 했니? 예를 들면, 그 아이가 너를 생각해서 마음이 아프다는 걸 어떻게 알 수 있지? 너 혼자만의 생각은 아닌 거야?"

J가 고개를 까닥거리면서 말했다.

"왜 선생님이 그런 질문을 안 하시나 했죠, 하하하. 당연히 확인한 걸 말씀드리는 거죠. 아니면 저 혼자 망상하는 거죠. 그 아이가 제 생각을 하는 순간, 그 순간의 진동을 제가 느끼는 그 시각을 나중에 확인해보면 제가 보낸 메일을 그 아이가 확인한 그 시각과 일치하는 거 있죠. 이런 게 반복되다 보니, 이젠 정말 명확하게 알게 된 거예요. 일일이 다 선생님에게 말씀드릴 수는 없지만, 또 그와 비슷한 경우를 많이 체험하고 확인을 했어요. 제가 없는 이야기를 하는 건 절대로 아니에요. 확실한 이야기만 하죠."

나는 J의 눈을 바라봤다. 역시 J는 진심이었다. 하지만 우리는 늘 우리가 불가능한 일이면 다른 사람도 불가능할 거라고 지레짐작한다. 그리고 의심한다. 잠시나마 또 내가 J의 진의를 의심했던 게 부끄러워졌다. 우리는 몽골 사람들이 우리보다 훨씬 멀리 있는 걸 본다고 해서 그 사람이 거짓말을 하고 있다고 생각하지 않는다. 마찬가지로 인디고 아이들의 이러한 텔레파시 능력을 평범한 사람들이 갖지 못했다고 해서 그들이 말하는 걸 무조건 의심부터 하는 것은 정당한 일이 아니다. 나는 J의 선물이 언젠가는 우주가 준비한 그 시간에 열릴 거라고 믿기로 했다. 그래서 J에게 말했다.

"언제가 되든, 그때를 기다리자!"

Indigo children

'도(道)'에 이르는 길

'도(道)'의 길로 들어서는 길은 오직 하나뿐이다. 그 길의 끝에 이르렀을 때만 비로소 침묵의 소리를 들을 수 있다. 지원자가 오르는 사다리는 고통과 괴로움의 계단들로 이루어진 사다리이다. 이 고뇌는 오직 미덕의 소리에 의해서만 잠잠해질 수 있다.

-『운명의 바람 소리를 들어라』 중에서

6장

인생 학교

J와 나는 그 바닷가 카페에서 나와서 식사할 곳을 찾았다. 거의 다 횟집이었다. 나는 J에게 물었다.

"J야, 회 좋아하니? 우리 뭘 먹을까? 회를 먹을까? 고기를 먹을까?"

J가 기쁜 표정으로 금방 대답했다.

"선생님, 전 회도 좋아하고 고기도 좋아해요. 그런데 여기까지 왔으니 회를 먹어야겠죠? 하하하."

J의 말대로 강릉까지 왔는데, 회를 먹는 게 제대로 된 선택인 것 같았다. 우리는 항상 선택을 해야 한다. 중요하든, 사소하든 선택의 순간에 매번 놓인다. 우리는 가까이에 있는 횟집으로 향했다. 그리고 광어회 세트 메뉴를 주문했다. 우리가 식

사시간을 넘겨서 들어온 탓인지 손님들은 그리 많지 않았다. 곧이어 밑반찬이 잔뜩 깔렸다. J와 나는 이것저것 먹기 시작했다. J가 말했다.

"선생님, 횟집에 온 게 탁월한 선택이었던 것 같아요, 하하하. 고깃집에 가면 이것보다는 밑반찬이 적게 나오잖아요. 그리고 성게랑 구운 고등어랑 해초랑 다양한 해산물을 맛볼 수 있으니까요."

나도 웃으면서 말했다.

"그래, 탁월한 선택 같아. 좀 있으면 광어회도 맛볼 수 있고, 매운탕도 나올 테니 말이야. 그러고 보면 '선택'이라는 건 사소한 것에도 참 중요한 것 같아, 그렇지?"

J가 고개를 끄덕이면서 말했다.

"이 세상은 인생 학교라고 배웠어요. 우주의 메시지가 그렇게 오던데요. 우리 인디고 아이들은 이 인생 학교에서 많이 배워서 우리가 왔던 별로 돌아가야 한대요. 우리가 맡은 임무를 다 마치고요. 인디고 아이들은 엄마와 아빠도 선택해서 온 거라고 하네요. 그리고 자라면서 여러 가지 일들을 겪으며 이 지구에서 많은 걸 습득해야 한다고 해요. 때가 오면 이 지구를 위해 그걸 사용하고, 또 그 정보를 우리가 왔던 별에 돌아갈 때 다 데이터를 갖고 가야 하는 거라는군요."

나는 J가 가끔 이런 말을 할 때마다 깜짝깜짝 놀랐다. 물론 J가 인디고 아이라는 것을 알고는 있고, 이제 확실히 믿고 있지만, 우주와의 교신을 이렇게 아무렇지도 않게 말할 때면 다시 놀라곤 한다. 그래서 내가 또 물었다.

"J는 그걸 언제 다 알았어? 우주가 언제 보내온 메시지야?"

J가 성게를 우물우물 씹으면서 대답했다.

"음, 처음부터 이런 메시지를 받은 건 아니고요. 사실 얼마 전부터 좀 더 구체적인 메시지가 오고 있어요."

나도 잘 구워진 고등어를 먹으면서 말했다.

"그런 거구나. 그럼 너는 학교에서 배우는 것 말고도 이 세상에 대해 더 많은 것을 챙겨서 배워야겠구나. 하지만 학교생활에 충실하지 않으면 문제아로 찍힐 건데, 이제부터는 학교생활에도 좀 더 신경을 쓰는 게 좋겠다. 학원도 기왕 다니는 거니까 수업시간에 멍을 때리는 건 좀 줄이고."

J가 가볍게 고개를 끄덕인다. 그러나 표정은 그리 밝아 보이지 않았다. 그 순간, 아차 싶었다. 또 잔소리가 되어버린 셈이다. 게다가 지금은 맛있게 먹고 있는 식사시간인데, 내가 무슨 짓을 한 건가 싶기도 했다. 나도 이젠 어쩔 수 없는 어른인가

싫었다. 또 '꼰대 짓'을 한 셈이다. J에게 미안해졌다. 그래서 선배에게서 들은 이야기를 J에게 또 해주기로 했다.

"J야, 하긴 학교에서 보내는 시간에 충실한 건 좋은데, 그게 또 인생의 전부는 아니지. 각자 또 사정이 있기도 하고. 하지만 선생님들은 다 눈앞에 보이는 것만 보고 평가해서 너희들에게 뭐라고 하는 편이지. 수업시간에 딴짓하고 성적이 나쁘면 무조건 야단만 치는 게 우선 나오는 반응들이지. 내가 말했던 그 선배 있잖아. 교육신문사 다닌다던 그 선배 말이야."

J가 고등어 가시를 가려내다가 고개를 들고 말했다.

"아, 선생님 대학 선배 말이죠? 그 선배가 왜요?"

나는 J에게 뭔가 좀 위로가 되고 재미있는 이야기를 해주려고 생각하다가, 그 선배가 겪은 어떤 에피소드가 떠올랐다. 그걸 J에게 말해주려던 참이었다.

"응, 바로 그 선배가 겪은 이야긴데, 그 선배가 고등학교 다닐 때 우울증을 앓았대. 그래서 자살도 몇 번 시도하고 그랬나 봐. 중학교 때까지는 착실하게 학교를 그나마 잘 다녔는데, 고등학교에 들어가서는 압박도 받고 학업 스트레스가 심했나 봐. 특히 시험을 봐서 선발된 학생만 들어가는 학교라 더그랬나 보지. 그래서 무단결석도 하고 해서 담임선생님이 선배 부모님에게 정신과 치료를 권했다고 해. 선배 말은 그 당시엔 정신과에 가니까 상담은 거의 안 하고 약만 주더래. 그 약을 먹고 나면 정신이 몽롱해지고 뿌옇게만 보였다네. 그런 상태로 교실에 앉아 있으니 공부에 더 집중을 못 하겠더라는 거야. 그래서 멍을 때리고 앉았는데 수학 시간이었다는군. 그 당시 그 학교에는 정말 무서운 수학 선생님이 있어서 아이들이 모두 수업시간에 벌벌 떨었다고 해. 수업시간마다 앞에 나와서 문제를 풀게 하고 못 풀면 야단을 쳤으니까 말이야. 그런데 어느 날, 이 선배의 학급 번호가 불렸다는군. 당연히 예습도 못 하고 학교에 왔는데, 나가서 풀 수가 없었지. 그 문제에 전혀 손을 댈 수도 없었다는 거였어. 중학교 때는 수학 경시대회에 선발되어 나간 적이 있었는데도 말이지. 그래서 그 수학 선생님이 하는 말씀이, 얼굴은 반반한데 왜 이렇게 공부는 안 하고 그러냐고 야단을 쳤다는 거야. 그리고 완전히 그때부터 수학 선생님에게 소위 '찍혔다'는 거지. 그런데 나중에 이 선배가 교육전문지에 들어가서 취재기자로 교육청을 담당하게 되었다는 거야. 장학사님들도 기자가 취재하러 오면 약간 긴장하거든. 기자들이 하는 역할이 기관에서 제대로 정책을 펼치는지 그런 걸 감시하고 취재해서 기사를 쓰는 거니까 말이야. 그리고 학교 현장에 계시는 선생님들의 목소리를 대변해주고 억울한 일들은 없는지 취재를 하는 거였지. 그런데 어느 날 교육청에 갔더니, 어디서 많이 본 듯한 분이 있었다는 거야. 바로 그 고등학교 때 수학 선생님이 거기 계셨던 거지. 그 선생님도 이 선배를 알아보고는 처음에 깜짝 놀라신 거야. 그 선생님은 일선 학교에서 선생님을 하시다가 교육청에 장학사로 오신 거지."

나의 이야기를 듣고 있던 J가 젓가락을 허공에 든 채 말했다.

"아, 정말이요? 와, 굉장히 재미있는 순간이었네요."

내가 고개를 끄덕거렸다.

"그런 셈이지. 마치 TV 시트콤에서나 나올만한 장면이지 않니? 어쨌든 두 사람은 서로 안부를 묻고 차 한 잔씩을 나눠 마시면서 잠시 이런저런 이야기를 했다고 해. 세상은 참 알 수가 없어. 인생도 알 수가 없지. 그래서 수업시간에 멍을 때리던 아이도 나중에 어떤 모습으로 다시 만날지 알 수 없는 법이야. 그리고 무슨 사정이 있어서 그러는지 좀 살펴보는 것도 어른들이 해야 할 일 같아. 그 선배도 그 당시에 그러고 싶어서 그런 건 아니었겠지. 수학 문제를 집에서 미리 풀고 준비를 해와야 했겠지. 하지만 그때 정신과 치료도 받고 있고 약까지 먹은 상태에서 어떻게 다 감당이 되었겠니. 그냥 교실에 앉아 있는 것만으로도 벅찼을 텐데. 선배 말로는 그때 교실에 앉아 있으면 칠판이 흐릿하게 보이고, 선생님 얼굴마저 제대로 눈에 들어오지 않았다는 거야. 잠만 계속 오고 머릿속이 안개가 낀 것처럼 흐릿했대."

J가 안타깝다는 표정을 지으면서 이렇게 말했다.

"그 선배는 참 힘들었겠네요. 그냥 앉아 있어도 재미없는 수업시간일 텐데, 약까지 먹고 있으니 얼마나 괴로웠겠어요. 저는 공감이 많이 가네요."

내가 J의 말을 이었다.

"그렇지. 그러니 그 수학 선생님도 무작정 야단을 칠 것이 아니라, 학생의 상태를 좀 더 살펴봤으면 더 좋았을걸. 그 선배 말로는 교육청에서 다시 기자와 취재원으로 만났을 때 순간적으로 당황하더라는 거야."

J가 갑자기 깔깔대면서 웃었다. 그리고 말했다.

"하하하, 마치 그 노래 가사 같네요. '네가 왜 거기서 나와', 하하하."

나도 J를 따라 웃었다.

"맞아, 바로 그 노래 가사네. 아마 그 선생님도 선배가 기자신분으로 교육청에 나타나서 깜짝 놀랐을 거야. 수업시간에 그렇게 멍을 때리고, 자기가 매번 조롱하듯 야단쳤던 그 아이가 거기에 나타났을 때 아마 처음엔 상당히 놀랍고 당황스러웠겠지."

J는 쿡쿡 소리를 내면서 웃었다.

"이 지구에는 정말 재미있는 일들이 많이 일어나는 것 같아요. 끝까지 살아갈 만한 가치가 있어요. 하긴 이 세상을 하나의 학교로 보고, 모든 걸 다 배우는 과정이라고 보면 마음이 좀 덜 힘들 것도 같아요. 하나의 괴로운 일을 당하거나 억울한 일을 겪어도 그게 다 교훈을 얻는 과정으로 생각하면 이겨낼 것 같아요. 게다가 우리 인디고 아이들은 그 과정을 다 이겨내고 훈련해야 우리가 살던 별로 돌아가니까요. 저는 아마 여러 번의 인생 학교를 거치면서 그 어려움을 다 극복했나 봐요. 이번 생이 저의 마지막 인생 학교 과정이라고 메시지가 왔으니까요."

이 말을 마치고 J가 흐뭇한 미소를 지어 보였다. 내가 그런 J를 보고 말했다.

"그럼 내가 너에게 축하한다고 말해야 하니? 일단 축하해. 이제 이번 인생 학교만 다 무사히 마무리하면 넌 네가 살던 별로 돌아가는구나. 그 별은 어떤 곳일까?"

이렇게 내가 묻자, J가 대답했다.

"선생님, 저는 꿈속에서 우주로 간 적이 있어요. 물론 제가 왔던 그 별은 아니고요. 우리가 지금 사는 지구를 바라본 거였지만요. 그런데 그게 꿈인지, 진짜인지 헷갈려요. 그 정도로 생생해요. 솔직히 정말 갔다 온 것 같은데, 이것도 백 퍼센트 확실하지 않으니까, 일단 꿈이라고 해두죠. 그런데 누가 절 데리러 온 거예요. 그리고 꿈을 통해서인지, 어쨌거나 우주에 뜬 채로 지구를 바라봤어요. 저를 데리고 거기까지 가준 존재와 대화도 나눴어요."

조금 황홀한 표정을 짓고 있는 J에게 내가 황급히 물었다.

"그럼 네가 가본 그 우주의 모습은 어땠니? 좀 구체적으로 묘사해봐."

우주의 모습이 나도 몹시 궁금해졌다. 영화에서 보던 우주처럼 그런 모습일까. J가 아직도 기쁨에 가득 찬 얼굴로 대답했다.

"음, 선생님. 선생님이 상상하던 그 모습 그대로예요. 좀 다를까요? 제가 가본 우주는 사방이 아주 깜깜했어요. 그런데 은하수 무리가 있고 그곳은 별빛으로 하얗게 빛나고 있었죠. 또 지구 위에서 내려다봤는데, 지구도 군데군데 화려한 초록빛이 빛나고 있었어요. 저는 처음 보는 너무 멋진 모습에 그만 소리를 지르고 말았죠. 와, 정말 대단한데! 하고 말이에요. 너무 눈이 부실 정도로 화려한 빛이었어요. 아마 주변이 너무 깜깜해서 빛이 더 밝게 느껴졌나 봐요."

J는 정말 우주에 가본 사람처럼 생생하게 묘사했다. 꿈이라면 과연 저게 가능할까 싶었다. 꿈은 장면의 점프와 사물의 왜곡이 존재한다. 꿈이라면 이렇게 구체적이고 순서대로 진행되지 않는 법이다. 그리고 꿈은 분명 화면이 순식간에 바뀌는 장면이 있어야 하는데, J의 이야기는 장면과 장면이 계속 연결돼 있다. 나조차도 J의 이야기를 듣고 있노라면, 꿈속이 아니라 J가 실제로 우주에 다녀온 게 아닌가 싶을 정도였다.

나는 J의 이야기를 듣고 있다가 문득 요즘 내가 읽고 있던 책이 떠올랐다. 그래서 가방에서 주섬주섬 이것저것을 꺼내며 그 책을 찾았다. 가방 밑바닥에 있던 그 빨간 표지의 책이 눈에 뜨였다. 나는 잽싸게 그 책을 꺼냈다. 그리고 J에게 보여주며 이렇게 말했다.

"J야, 네 이야기를 듣고 있으려니, 이 책이 생각나서 네게 보여주려고."

J가 빨갛기만 한 그 책의 표지를 보자, 신기한지 내게서 그 책을 건네받았다. 그리고 이렇게 천천히 그 책의 제목을 읽었다.

"운.명.의. 바.람.소.리.를. 들.어.라."

J의 그런 모습을 보고 내가 웃자, J가 나를 바라보더니 물었다.

"이게 무슨 뜻인가요?"

내가 J의 얼굴을 빤히 쳐다보면서 말했다.

"너라면 이 말의 의미를 잘 알 것 같은데."

J가 다시 고개를 갸웃거리며 책을 펼쳤다. 그리고 말했다.

"아, 처음 보는 책이에요. 선생님은 이 책을 다 읽으셨나요?"

내가 답했다.

"그래, 한번 다 읽고 나서 요즘 또다시 보는 중이야."

J가 물었다.

"그렇게 이 책이 마음에 드세요? 어떤 면에서요?"

내가 그 책을 다시 J에게서 건네받으면서 이렇게 말했다.

"응, 좋은 말들이 참 많아. 너와 인생 학교에 관해서 이야기하고 있자니, 이 책이 자꾸 생각이 났어. 그리고 네게 추천해주고 싶은 말들도 있어서 그거 보여주려고. 네가 인생 학교에서 뭔가를 자꾸 배워야 한다면 이 책도 네게 가르쳐줄 만한 게 많을 것 같아서야. 어른이 되어서도 이 책은 꼭 필요하지만, 청소년 시기에 이 책이 알려주는 인생에 대한 진리를 미리 깨달을 수 있다면 살아가는 데 많은 도움이 되겠지? 그리고 더 현명한 어른이 될 수도 있고 말이야. 우리 어른들이 흔히 저지르기 쉬운 실수나 잘못을 덜 행할 수도 있는 거고.”

이 말이 끝나자, J가 새삼 진지한 표정이 되면서 나를 재촉했다.

“그럼 선생님, 어서 그런 구절들을 알려주세요. 네?”

내가 말했다.

“그래, 잠시 기다려봐. 보여줄게. 이 책에는 세 사람의 지혜로운 스승 이야기가 나와. 그런데 그중 지두 크리슈나무르티가 전해주는 메시지가 좀 더 쉽고 보통 사람들이 이해하기 쉬운 내용이지. 그중에서 내가 꼭 네게 알려주고 싶은 부분은 바로 이거야.”

나는 J에게 이렇게 말해놓고 나서 다음과 같은 구절을 읽기 시작했다.

“대부분의 사람들이 세상에서 배워야 할 가장 어려운 일은 자기 자신의 일에 신경 쓰고, 남의 일에 간섭하지 않는 것이다. 이것이야말로 여러분이 해야 할 일이다.”

내가 읽는 걸 듣고 있던 J가 내게 물었다.

"선생님은 왜 이 부분을 제게 제일 먼저 들려주시는 건가요?"

내가 대답했다.

"그래, 나는 이 부분이 살아가면서 제일 중요하다고 생각해. 사람들은 너무 남의 눈치를 많이 보고, 남의 시선에 신경을 써. 그리고 남의 일에 관심이 많지. 자기는 없고, 오로지, 남, 남, 남들뿐이야. 자기를 닦는 일이 제일 중요하지, 왜 남의 일에 간섭은 그리 많이 하는지. 헤르만 헤세도 동양적인 사상에 참 많은 관심이 있는 작가였지. 나는 중학교 일학년 때 〈데미안〉으로 헤세를 처음 만났는데, 그 이후로 헤세는 청소년기에 내 정신적 지주가 되었지. 힘든 일만 있으면 〈데미안〉을 읽곤 했어. 그 책에서 말하는 것도 자기가 중심이 되어야 한다는 거지. 일명 '자아 찾기', 그리고 방금 내가 읽은 구절도 그 말이야. 남의 일에 신경을 쓰지 말고, 자기 일에 집중하라는 거지. 자기 자신에게 집중하는 일, 그게 인생을 살면서 제일 중요한 일이야. 그런데 우리나라 사람들은 특히 더 심하거든. 남의 일에 쓸데없는 간섭을 많이 해. 그 시간에 자기 자신에게 집중하고, 자기 마음을 닦을 노력은 안 하고, 오로지 남은 어떻게 사는지 제일 관심이 많지. 그리고 인생을 살아가면서 늘 남의 시선과 잣대가 자신의 기준이 되고 말이야. 다른 사람의 SNS를 늘 기웃대면서 남들에게 신경을 쓰고, 유튜브 같은 방송에서 먹방을 보면서 남들이 뭘 먹는지 보고 말이야. 왜 그런 걸 보고 있는지 웃기지 않니? 자기도 늘 하는 일인데, 그걸 왜 아까운 시간을 버려가면서 보고 있는 건지. 방금 읽은 지두 크리슈나무르티가 전해주는 메시지를 떠올려보면 뭔가 느껴지는 게 없니?"

내가 이렇게 장황하게 설명해주자, J가 다시 한번 내가 읽은 부분을 따라 말했다.

"대부분의 사람들이 세상에서 배워야 할 가장 어려운 일은 자기 자신의 일에 신경 쓰고, 남의 일에 간섭하지 않는 것이다. 이것이야말로 여러분이 해야 할 일이다."

이럴 때 보면, J는 역시 총명했다. 한번 읽어줬는데, 대번에 토씨 하나 안 틀리고, 그대로 따라 말하니까 말이다. 만일 J가 정말 마음만 먹고 공부를 제대로 한다면 자기가 원하는 만큼 얼마든지 좋은 성적을 받을 텐데, 참으로 안타까운 일이었다. 수업시간에 멍만 안 때리고 있어도 공부를 잘할 수 있는 아이인데, 하늘은 참 공평한가 보다. 이런 재능 있는 아이는 딴짓하는 여유를 주고, 좀 재능이 덜한 아이들은 노력하는 능력을 주니 말이다. 토끼와 거북이가 경주하는 우화가 생각났다. 토끼가 자기 능력을 믿고 중간에 낮잠만 안 잤더라도 거북이와는 상대도 안 되는 게임이었는데, 왜 우화 속 토끼들은 현실에 이렇게 많이 있는 걸까. J도 예외는 아니다. 재능과 성실함, 이 두 가지를 모두 가지면 참 좋을 텐데, J는 과연 그 길을 선택할 것인가. 그것은 어디까지나 J의 몫이겠지. 사람은 모두가 자신이 자기를 구원할 수밖에 없는 거다.

J는 내게 다른 구절도 읽어달라고 재촉했다.

"선생님, 또 다른 구절은 없나요? 또 읽어주세요."

나는 〈운명의 바람 소리를 들어라〉의 페이지를 여기저기 넘겼다. 그리고 유난히 마음에 남아서 표시해둔 구절을 또 찾아냈다. 나는 J에게 말했다.

"J야, 이번에는 아까보다 좀 더 긴 부분을 읽어줄게. 잘 들어봐. 매우 유용한 이야기야."

J가 대답했다.

"네, 선생님. 길어도 좋아요. 집중해서 들어볼게요."

나는 '남을 돕고 싶더라도 무지하면 선보다 해악을 더 끼칠 수 있다'는 부분을 J에게 읽어주기 시작했다. 역시 지두 크리슈나무르티가 전해주는 가르침이었다.

"무엇이 해야 할 가치가 있는지 알 수 있도록 항상 노력하라. 그리고 사물의 크기에 따라 그 가치를 판단해서는 안 된다는 것을 명심하라. 세상에서 좋은 것이라고 말하는 아주 큰 것보다, 스승이 하는 일에 직접적으로 유용한 작은 것이 훨씬 더 가치가 있다. 여러분은 유용한 것과 무용한 것을 분별해야 할 뿐만 아니라 더 유용한 것과 덜 유용한 것도 분별해야 한다. 가난한 사람을 먹이는 것은 훌륭하고 고상하며 유익한 일이지만, 그들의 혼을 살찌게 하는 일은 그들의 육체를 살찌게 하는 것보다 더욱 더 고귀하고 유익한 일이다. 부유한 사람은 누구나 육체를 부양할 수 있으나, 혼을 살찌게 할 수 있는 것은 아는 사람만이 할 수 있다. 만일 여러분이 안다면, 모르고 있는 다른 사람들이 알도록 돕는 것이 여러분의 의무이다."

내가 제법 긴 구절을 읽는 걸 마치자, J가 나를 쳐다보면서 말했다.

"선생님, 정말 이 부분은 아까보다 더 좋은 것 같아요. 인디고 아이들이야 늘 자신에게 집중하면서 살아가요. 그게 우리 인디고 아이들이 사명을 다하기 위한 첫 번째 출발점이거든요. 그런데 방금 읽어주신 부분은 생각할 게 더 많은 거 같아요. 남을 제대로 돕고 살리려면 무지에서 탈출해야 한다는 거요.

마음에 와닿는 게 많네요."

나는 J의 말에 맞장구를 쳤다.

"그래, J야. 바로 그거야. 내가 네게 알려주고 싶은 것도 그 부분이야. 이건 아주 중요한 문제거든. 대부분 사람은 남을 돕고 싶어 하지, 해악을 끼치고 싶지는 않겠지. 아주 악한 성품을 타고나지 않는 이상 모두가 그럴 거야. 그렇지만 무지하면 자기도 모르는 사이에 다른 사람에게 해를 끼칠 수 있어. 우리가 지혜를 갈고닦아야 하는 이유이기도 하지. 예를 들어서, 어떤 무지한 사람이 간장을 상처에 바르면 좋다고 알고 있었어. 그래서 상처가 난 사람에게 간장을 발라주는 거지. 이 사람은 다친 사람을 도와주겠다는 순수한 의도로 그런 거였지만, 결국은 그 사람의 상처만 덧나게 할 뿐이지. 이건 아주 사소할 수도 있는 사례이지만, 인생의 갈림길에서 선택의 순간에 놓인 사람에게도 같은 상황이 발생할 수 있어. 도와주려고 조언해줄 때 무지하면 올바른 길을 알려줄 수 없지. 잘못된 조언은 그 사람을 더 구렁텅이로 빠뜨리게 할 수 있어."

내 이야기를 가만히 듣고 있던 J가 한마디 거들었다.

"그렇군요. 선생님의 말씀을 듣다 보니, 충고나 조언을 해주는 건 정말 신중해야겠군요."

내가 J의 말을 받아서 이야기했다.

"그래, 그래서 지두 크리슈나무르티의 가르침대로 다른 사람 일에는 가능하면 간섭을 안 하는 게 좋아. 그 시간에 자기 자신에게 집중하는 게 현명하지. 그리고 무지한 사람이 신념을 가지는 것만큼 위험한 건 없어. 그래서 자기의 제한된 경험으로 남이 성장하는 걸 방해하는 사람도 있어. 그 사람을 도와주고 싶은 마음이지만, 조언을 해주는 것도 무지함에서 나오면 상대를 더 힘들게 하지. 이건 좀 다른 이야기이긴 하지만, 옛날에는 왼손잡이가 재수가 없다고 생각한 사람들이 있었지. 사람들은 뭐라도 다수의 기준을 벗어나 소수일 때는 이상하고 재수 없다고 생각해. 요즘은 아무렇지도 않은 거지만, 옛날에는 그랬지. 그래서 왼손잡이를 배우자로 데리고 오면 어른들은 반대했어. 재수 없는 사람이 집안에 들어오면 안 된다는 이유에서지. 자식을 걱정해서 도와준다는 마음으로 반대를 하는 거지만, 지금 보면 정말 웃기는 이야기잖아. 말도 안 되는 이야기지. 하지만 그럴 때도 있었어. 마음이 순수하고 착한 사람들마저도 이런 잘못된 믿음으로 왼손잡이인 사람들을 비난했지. 시대가 바뀌어도, 사실 요즘도 크게 보면 달라진 게 없어. 어느 시대나 항상 사람들은 소수에 대해 민감하게 반응해. 다수의 일반적인 기준을 위협하는 적대적인 존재로 소수를 바라보는 편이지. 요즘은 또 다른 소수를 대상으로 탄압하고 이상한 사람으로 취급해. 왼손잡이의 이야기가 지금은 말도 안 되는 상황이듯이, 지금 많은 사람이 무지함에서 오는 잘못된 믿음으로 비난하는 것들도 나중에 한참 시간이 지나고 나면 또 웃기는 이야기가 되고 말 거야. 그래도 사람들은 여전히 다수에 속하지 않으면 무조건 경계하고, 일반적이지 않다고 비난하고, 소수를 탄압하는 습성이 있어."

듣고 있던 J가 크게 고개를 끄덕였다. 그리고 목소리를 높여 말했다. 꽤 흥분한 모양 같았다.

"선생님, 맞아요. 그런 건 꼭 어른들만 그러는 게 아닌 것 같아요. 아이들도 그래요. 왕따가 생기는 것도 그렇잖아요. 아이들도 무리에 들어오지 않으면 밀어내고, 소심한 성격의 아이에겐 공격하고, 따돌림을 하고 그러잖아요. 무지한 아이들이 자라면 또 무지한 어른이 되는 거겠죠."

내가 말했다.

"그래, 지두 크리슈나무르티가 말해주듯이 자기 자신의 마음을 닦을 생각은 안 하고, 남의 일에만 늘 관심을 가져서 그런 거지. 또 무지해서 그런 거지. 뭐가 더 가치 있는 일인지 모르는 거야. 그리고 눈에 보이는 사물의 크기에 따라서만 판단을 해서 더 잘못을 저지르는 거지. 겉만 화려한 게 다가 아닌데, 눈에 보이는 것에만 신경을 쓰는 거지. 사실 눈에 보이는 건 바꾸기가 정말 쉬워. 시간도 덜 들고. 예를 들어, 마음을 닦는 일보다 패션 스타일 같은 것을 멋있게 만드는 데는 상대적으로 오랜 시간과 노력이 걸리지 않잖아. 그리고 나중에 능력만 있으면 패션 스타일리스트를 고용하면 되는 거야. 하지만 자기의 내면에서 지혜를 얻고, 마음을 다스리는 능력은 아주 오랜 시간이 차곡차곡 쌓여야만 가능해지는 거야. 이걸 알아야 해. 눈에 보이는 건 쉽게 변해. 하지만 눈에 보이지 않는 건 쉽사리 변하지 않지. 그러니 옷 좀 잘 못 입는다고 왕따를 시키거나, 소심하다고 비웃는 건 옳지 않아. 소심한 성격이 좋은 쪽으로 발전하면 신중한 사람이 될 수도 있어. 그래서 더 중요한 일을 판단하는 자리에 그 사람이 적임자가 될 수도 있지. 모든 사물과 상황에는 다 양면이 존재한다는 성찰을 할 수 있는 사람이 되어야 하는 거지. 그런 지혜로운 사람이 될 수 있도록 항상 마음을 닦아야 해. 그게 바로 지두 크리슈나무르티가 전해주는 가르침이지."

J는 내게 말했다.

"선생님, 다시 그 책 좀 주세요. 제가 지금 전체적으로 한번 훑어보고 싶어요."

나는 J에게 이제는 거의 다 비워져 가는 접시 위로 〈운명의 바람 소리를 들어라〉 책을 건네줬다. J는 진지한 표정으로 지두 크리슈나무르티의 가르침이 있는, 중간쯤 되는 부분의 책장을 빠르게 넘기면서 훑어보기 시작했다. 그리고 어디선가에서 멈췄다. J는 어느 한 구절을 읽기 시작했다.

"만약 어린아이나 동물에게 잔인한 학대를 가하는 경우를 본다면, 그것을 못 하도록 막는 것이 여러분의 의무이다. 만약 어떤 사람이 법을 어기는 것을 여러분이 보았다면, 신고를 해야 한다. 만약 여러분이 누군가를 가르치는 위치에 있다면, 그 사람의 잘못한 점을 부드럽게 말해주는 것이 여러분의 의무가 될 것이다. 그런 경우 이외에는 자신의 일에 전념하고, 침묵의 미덕을 배워야 한다."

나는 조용히 J가 읽는 소리를 듣고 있었다. 이윽고 J가 자기 생각을 이야기했다.

"선생님, 저는 이 구절이 지금 제일 눈에 띄네요. 정말 약한 존재에 대해 학대하거나 공격하는 사람들은 반드시 큰 벌을 받아야 할 것 같아요. 하나를 보면 열을 안다고, 곤충 같은 작은 생명도 함부로 하는 사람은 어떤 생명이든 가볍게 보는 거죠. 어린아이나 동물을 학대하는 사람도 마찬가지고요. 모든 생명은 소중하니까요."

나는 J가 인디고 아이답다는 생각이 들었다. 인디고 아이들은 인류 평화를 위해 이 지구에 왔다고 하니까, 인디고 아이들의 영혼이 맑은 것은 어찌 보면 당연한 셈이다. 나는 J에게 말했다.

"그래, 옛날 동양 사상가인 맹자는 '사덕(인의예지(仁義禮智))'을 말하면서 사람은 본성적으로 그 사덕을 타고났다고 했지. 맹자는 이처럼 누구나 본성이 착하다고 성선설을 주장했지. 맹자는 사람이 착하게 태어난 근거로 네 가지 단서를 내세웠어. 바로 측은지심(惻隱之心), 수오지심(羞惡之心), 사양지심(辭讓之心), 시비지심(是非之心)이지. 측은지심은 남의 어려움을 보고 측은하게 여기는 마음이고, 수오지심은 다른 사람의 잘못된 행위를 보고 부끄러워하거나 미워하는 마음이며, 사양지심은 다른 사람에게 양보하고 사양하는 마음이고, 시비지심은 옳고 그른 것을 가리는 마음이지. 이 네 가지 단서인 사단(새싹)이 네 가지 덕인 사덕(인의예지)으로 변한 것이라고 맹자는 주장했어. 다시 말하면, 측은지심이 인(仁)의 기초가 되고, 수오지심은 의(義)의 기초가 되며, 사양지심은 예(禮)의 기초가 되고, 시비지심은 지(智)의 기초가 된다고 했지."

J가 나에게 말했다.

"선생님, 저도 맹자의 성선설은 얼핏 들어서 알고 있긴 해요. 하지만 뉴스에 나오는 아이나 동물을 학대하는 나쁜 사람들을 보면 모두가 성선설처럼 천성이 착하게 태어난 것 같지는 않아요. 어떻게 생각하세요?"

내가 대답했다.

"그래, 나도 너처럼 생각한 적도 있어. 맹자는 주변에 참 좋은 사람들이 많았나 보다 하고 생각했지. 사람은 항상 자기가 겪은 일을 근거로 모든 걸 판단하고 생각하는 편이지. 만일 맹자가 살아가면서 정말 악한 천성의 사람을 만났다면 과연 성선설이 나왔을까 하는 생각도 해봤지. 그에 반해, 성악설을 주장한 순자는 사람은 악한 성품을 타고났다고 했어. 맹자가 말한 인의예지 같은 착한 성품은 인위적이라고 했지. 즉 사람이 만들어낸 것, 교육으로 나온 결과물이라는 거야. 순자에 따르면, 사람은 악한 본성으로 타고났고, 선한 마음은 후천적인 교육으로 만들어지는 거라고 했지. 아마 순자는 살아가면서 악한 사람들을 많이 만났나 봐, 하하하."

내 말을 듣고 있던 J도 까르르 따라 웃었다. 그리고 다시 내게 물었다.

"그럼 선생님은 맹자의 성선설이 맞다고 생각하세요? 순자의 성악설이 맞다고 생각하세요?"

나는 잠시 고민에 빠졌다. 무 자르듯이 딱 잘라 대답하기가 참 어려운 문제였다. 그래도 나는 최선을 다해 J에게 답해줬다.

"J야, 이게 참 어려운 문제야. 왜냐하면 우리 자신이 모두 다 사람에 속해 있기에, 순자가 주장하는 성악설이 옳다고 해버리면 너무 절망적이지 않니? 우리 인간 모두가 다 악한 본성으로 태어났다고 하면 참으로 이 세상은 지옥 같지 않니? 그리고 사실 살아가다 보면 착한 성품인 사람도 있고, 악한 성품인 사람도 있다는 걸 알게 돼. 모두에게 다 한 가지 이론을 적용하긴 무리가 있다고 나는 생각해. 또 살아가면서 어떤 사람들을 만나 경험하느냐에 따라 이 성선설과 성악설 중 어느 것이 해답에 가까운지 그 결론이 달라질 수 있어. 착한 사람들만 주로 만나고 사는 사람에겐 성선설이 맞는 것 같고, 반면에 악한 사람만 많이 만나고 살아온 사람에겐 성악설이 맞는 것 같겠지. 혹은 너희 나이 때는 착한 사람들만 주변에 있는 줄 알

앗다가 사회에 나가서 이 사람, 저 사람 다 만나다 보면 또 생각이 바뀔 수도 있고 말이야. 그래서 나는 이렇게 말하고 싶어. 맹자의 성선설처럼 태어날 때부터 착하게 태어나는 성품이 있는 사람도 있고, 순자의 성악설처럼 태어날 때부터 악한 본성으로 태어나는 사람도 있다는 거지. 〈마크 트웨인의 미스터리한 이방인〉이라는 책을 보면, 마크 트웨인은 이 문제의 결론을 순자의 성악설 손을 들어주는 것 같아. 마크 트웨인의 인생 후반기는 불행했다고 해. 그리고 이 책을 쓴 때도 인생 후반부였고. 그러니 자기가 처한 환경에 따라서 결론을 달리 낼 수도 있지. 각자의 경험에 의해서. 어찌 됐든, 성선설이든 성악설이든 해답은 하나야. 본성이 선하게 태어난 사람은 교육에 따라 그 착한 본성을 계속 착하게 유지하려고 노력해야 하고, 본성이 악하게 태어난 사람은 교육에 따라 사악한 자기의 본성을 누르고 선한 성품으로 살려고 노력해야 한다는 거지."

J가 소리쳤다.

"와, 정말 깔끔한 마무리네요. 역시 선생님, 최고! 하하하."

J가 만족해하자, 나도 흐뭇했다.

자유

사람들과 떨어져서 교만에 가득 찬 채
고독하게 어두운 숲속에 앉아 있기만
하면, 궁극의 자유라는 목표에 다다를
것이라고 믿지 마라. 나무뿌리나 풀뿌
리를 먹고 히말라야의 눈으로 갈증을
없앤다면, 궁극의 자유에 이르게 될 것
이라고 믿지 마라.

－『운명의 바람 소리를 들어라』 중에서

7장

다시, 만남

이윽고 겨울방학이 지나고, 봄이 왔다. 나는 예정대로 신문사로 자리를 옮겼다. 그리고 새로운 환경에 적응하느라 바빴다. J와 나는 가끔 SNS로 안부를 주고받다가, 차츰 연락이 뜸해지고 결국 몇 년 동안 소식을 모르고 지냈다.

그러던 어느 날 밤, J에게서 연락이 왔다. 만나고 싶다고 했다. 나는 신문사가 있는 홍대로 나오라고 했다. 우리는 금요일 오후 늦게 홍대 골목의 어느 카페에서 만났다. 나는 이날 대충 일을 마무리하고 주말을 시작하러 홍대 거리로 나갔다. 회사 문밖을 나가서 얼마 걷지 않으면 바로 홍대 거리가 펼쳐졌다. 카페에 들어서자, J를 찾았다. 그리 넓지 않은 공간이라, 금방 J가 보였다. 오랜만에 보는 J는 그대로였다. 맑은 눈동자에 순수하게 해맑은 얼굴이었다. 피부는 여전히 하얗고, 단정한 옷차림이었다. J는 폰을 들여다보면서 약속한 카페의 창가에 앉아 나를 기다리고 있었다.

내가 먼저 말을 건넸다.

"오래 기다렸어?"

J가 활짝 웃으면서 반갑게 나를 맞았다.

"아니에요. 저도 온 지 얼마 안 되었어요. 선생님, 그동안 잘 지내셨어요?"

나도 웃으면서 말했다.

"응, 바쁘게 잘 지내고 있지. 너는 어떻게 지냈어?"

J가 말했다.

"저야 뭐 늘 똑같죠. 이제 고등학생이 되었다는 것 외에 별로 달라진 건 없어요."

우리는 똑같이 또 우유를 주문했다. 그러고 나서 J가 먼저 말을 뗐다.

"선생님, 갑자기 만나자고 해서 놀라셨죠?"

내가 손을 저으며 아니라고 말했다.

"아니야, 별로 놀라지 않았어. 가끔 네 생각은 했어. 어떻게 지내고 있는지 소식도 궁금하고. 그런데 이래저래 바쁘다 보니, 벌써 이만큼 세월이 흘러갔네."

J가 말했다.

"그러게요. 시간이 참 빨리 지나가는 것 같아요."

나는 J의 표정을 살폈다. 별달리 큰 문제가 있어 보이는 얼굴은 아니었다. 그래도 물어보았다.

"무슨 일이 있는 건 아니지?"

J가 답했다.

"네, 선생님. 그냥 진로도 이제 슬슬 구체적으로 생각해봐야 해서, 선생님과 대화를 나누고 싶었어요. 선생님과 이야기하면 뭔가 해답이 잘 보일 때가 많았잖아요."

J의 이 말에 나는 빙긋 웃었다. 그리고 머릿속으로 J와 한참 서로 많은 이야기를 나누던 그때를 떠올려보았다. 문득 J가 인디고 아이였다는 것이 되새겨졌고, 요즘도 우주의 메시지를 받는지 궁금해졌다. 내가 물었다.

"J야, 요즘도 우주와 교신하고 있니? 새로운 소식은 없어?"

J가 웃었다. 그리고 대답했다.

"음, 새로운 메시지야 늘 있죠. 사실 선생님에게 연락해보라는 메시지도 최근에 받았는걸요. 그래서 선생님에게 오랜만에 연락드린 거예요."

나는 깜짝 놀랐다. J는 늘 이런 식으로 자기 생각을 표현했다. 예전에는 적응이 잘되었지만, 오랜만에 J의 화법을 들으니 새삼 놀라웠다. J는 자기의 생각을 우주의 메시지로 바꿔서 다른 사람에게 말하는 걸까. 아니면 정말 인디고 아이라서 우주의 메시지를 늘 수신하는 걸까. 오랜만에 J를 다시 만나니, 나는 또 헷갈렸다. 그렇지만 J와 나 사이에 그 문제가 그리 중요할 것 같지는 않았다. J는 재능이 있는 해맑은 아이였고, 나는 그런 J와 대화를 나누는 게 싫지 않았으니까. 누구도 확실하게 해답을 내릴 수 없는 문제라면 어느 편이 맞는지 확인할 때까지는 아무도 섣부르게 평가해서는 안 되는 거였다. 어쨌든 나는 나를 믿고 찾아온 J의 진로에 대한 고민을 적극적으로 상담해주기로 했다. 나는 J에게 물었다.

"너는 앞으로 어떤 일을 하고 싶어?"

J는 나에게서 자기가 기다리던 이야깃거리가 나온 게 반가운 듯이 금방 대답했다.

"저도 선생님처럼 기자가 되고 싶어요. 글을 쓰는 일이요."

나는 알게 모르게 내가 J에게 많은 영향을 주었다는 것에 조금은 놀랐다. 어떤 의미에서든 책임감을 느꼈다. 그래서 오늘 상담에 최선을 다해주리라고 다짐했다. 나는 천천히 입을 열었다.

"음, 그렇구나. 그런데 J야. 내가 조만간에 광고회사로 이직하게 되었거든. 몇 년 동안 기자 생활을 해보니까, 또 뭔가 한계에 부딪힌 거야. 그래서 광고회사 카피라이터 겸 기획자 자리로 옮기게 되었어."

나의 새로운 소식에 J가 두 눈을 동그랗게 떴다. 좀 충격을 받은 눈치였다.

"광고회사요? 그럼 TV에 나오는 CF 같은 그런 걸 만드는 일을 하시는 건가요?"

내가 고개를 천천히 가로저으면서 말했다.

"아니야. 내가 들어갈 광고회사는 팸플릿이나 브로슈어를 만드는 일을 해. 예를 들어, 너희들이 대학에 갈 때 대학교가 자기 학교를 소개하는 브로슈어 같은 걸 나눠주잖아. 그런 걸 제작하거나, 대형 병원이나 휴대폰 회사나 이런 곳의 팸플릿 같은 걸 만드는 일을 하지. 그걸 기획하고, 지면을 구성하고, 카피를 쓰고, 내용을 담아 넣지. 그런 일을 하는 거야."

J는 나의 설명을 찬찬히 듣고 있더니, 또 물어보았다.

"그럼 선생님은 왜 기자를 그만두시는 건가요?"

내가 대답했다.

"기자가 되어 보니까 학원 강사 할 때보다는 나와 훨씬 잘 맞는 것 같긴 해. 사무실에만 있지 않고, 취재하러 여기저기 돌아다녀서 기분도 전환되고 좋아. 그리고 다양한 취재원들도 만나서 이야기를 듣다 보면 인생도 더 배우는 것 같고 도움이 많이 되지. 그런데 좀 더 창의적인 일을 해보고 싶어서 말이야. 기사를 쓰는 건 정해진 틀이 있어. 국어 시간에도 배웠잖아? 기사문을 쓸 때는 자기 의견보다는 사실관계에 중점을 두고 작성해야 한다는 것, 그리고 기사는 다른 글보다도 좀 더 형식을 많이 요구해. 적어도 내가 생각할 때는 그래. 그게 좀 답답한 느낌이 들었어. 난 좀 더 창의적이고 자유로운 글을 쓰고 싶은데 말이야. 그래서 광고회사에서 일을 좀 해보려고. 새로운 일이라 재밌을 것 같고, 또 카피 같은 건 나의 창의성을 담뿍 담아서 쓸 수 있을 것 같고 말이야."

나의 진심이 담긴 대답을 마치자, J가 말을 했다.

"아, 선생님은 또 글을 쓰는 일을 하긴 하시는군요. 예전에 선생님이 말씀하신 것처럼 큰 테두리에서는 어쩌면 벗어나지 않은 일이기도 하네요. 기자나 카피라이터나 글을 쓴다는 건 같아 보이네요."

나는 J의 말에 동의한다는 듯이, 크게 고개를 끄덕거려 주었다. 그러면서 내가 좀 더 덧붙여 설명해주었다.

"그래, 네 말이 맞아. 글을 쓰는 일이라는 큰 틀 안에서는 같은 일일지도 몰라. 구체적으로 들어가면 전혀 다른 일이긴 하지만 말이야. 너는 내게 진로 상담을 하러 왔지만, 사실 나도 아직 나의 진로에 대해 탐색 중이야. 내가 글을 쓰는 일을 좋아하는 건 알지만, 어떤 일이 내게 잘 맞는지는 아직 정확한 해답은 못 찾은 셈이지. 그러니까 자꾸 옮겨 다니는 거고. 하지만 목적지에는 좀 더 가까워지고 있는 것 같긴 해. 나는 자리를 옮길 때마다 그 전보다는 매번 만족하거든. 정답에 더 좁혀지고 있는 것 같아. 광고 일도 내게 딱 맞을지, 어떨지는 나도 아직은 잘 모르겠어. 그러나 일단 해보고 싶어. 하고 싶으면 그게 법에 어긋나지만 않는다면 해보는 게 나쁘진 않을 거야. 물론 한 가지 경력을 계속해서 꾸준히 쌓는 게 현실적으로 더 도움이 될 수도 있지만, 각자 생각이 다를 수 있지. 자기 자신이 뭘 더 원하는지 생각해봐야 해. 자기에게 좀 안 맞아도 현실적 경력을 위해서 한 가지 길을 계속 참고 걸어가면 현실적인 이익이 더 생길 수 있어. 그걸 자기가 더 원하면 그 사람은 그 길을 가야 해. 아니면 나처럼 그런 것보다는 자기가 하고 싶은 일이 더 중요하고, 현실적인 이익보다는 자기가 하는 일에서 즐거움을 더 크게 얻는 일이 중요한 사람은 또 자신의 길을 가야 한다고 생각해. 전에도 말했듯이, 모든 일에는 모두 한 가지 해답이 있는 게 아니야. 그리고 다른 사람의 잣대가 내 기준이 될 수도 없고 말이야. 제일 중요한 건, 자기 자신이 뭘 원하는지 똑바로 알아야 한다는 거지. 그걸 아는 것만 하더라도 인생은 절반 정도 성공한 셈이야."

J의 표정이 진지해졌다. 이 아이는 자기가 여기 온 목적을 달성하고 있는 것일까. 속으로 그게 궁금해졌지만, 아직은 그걸 물어볼 때가 아닌 것 같다. 우리는 아직 결론에 도달하지 못했으니까. 나의 이런 생각을 알아차렸는지 J가 내게 말했다.

"선생님, 제가 요즘 진로를 고민하는 것에 꽤 도움이 되는 이야기예요. 어떻게 보면 저나 선생님이나 지금 비슷한 상황인 것 같아요. 저도 진로를 고민하고, 선생님도 직업을 아직 탐색하는 중이고요. 그래도 선생님은 더 멀리 가 있네요. 글 쓰는 일을 좋아한다는 건 이젠 알고 있고, 넓은 범주에서는 그 일과 관련된 직업을 계속 이어가고 있으니까요."

인디고 아이들은 정말 다른 사람의 생각을 읽는 능력이 있는 걸까. 내가 말하고 싶은 이야기를 J가 말했다. 문득 그런 생각이 들었다. J 같은 인디고 아이들과 마주 앉아 있으면 내가 생각하는 것이 그대로 스캔이 되어 그들에게로 전달되어 가는 건 아닐까 하고 말이다.

그러고 보니 J와 대화할 때는 항상 J는 내 눈을 응시하면서 말을 한다. 마치 그 눈동자가 사람의 뇌 속을 들여다보는 렌즈라도 되듯이 나의 뇌 속을 스캔하는 듯한 느낌이다. 멀리 있는 사람이 자기의 이야기를 하는 걸 뇌파로 받아들이는 인디고 아이들이라면 이런 일도 물론 가능할 것이다. 바로 앞에 앉아 있는 사람의 눈을 통해 그 사람의 현재 생각을 스캔하는 일이 과연 불가능할까. 인디고 아이들의 능력이라면 말이다.

그럼 정말 인디고 아이들 앞에서는 거짓말을 해서는 안 된다. 인디고 아이들은 그 거짓말을 대번에 알아내는 능력이 있으니까. 그래서 인디고 아이들이 사람을 처음 봤을 때 선한 사람인지, 악한 사람인지 단번에 알아차린다고 하는 걸까. 사기꾼도 단번에 골라낸다는데, 인디고 아이들은 정말 사람의 마음과 생각을 읽는 능력까지 있는 것인가. 그러고 보면 나는 J와 이야기할 때 거짓말을 한 적은 없었다. 그래서 J가 나를 더 신뢰하는지도 모르겠다.

나는 J에게 물었다.

"그럼 너는 네가 좋아하는 일이 무언지 아직 찾아내지 못했니?"

J가 고개를 가로저으면서 말했다.

"찾긴 찾았어요. 저도 선생님처럼 글 쓰는 일을 좋아해요. 저는 작가가 되고 싶어요."

나는 진심으로 기뻐하면서 말했다.

"그럼 됐네. 좋아하는 일을 찾았으면 절반은 해답에 이르렀네. 그럼 뭐가 문제지? 작가가 되고 싶은 거까지 알아냈으면 성공인데?"

J가 조금은 슬픈 표정으로 말했다.

"그런데 선생님, 제가 작가가 되고 싶긴 하지만, 지난해에 유명 일간지 신춘문예에 단편소설을 써서 보냈거든요. 하지만 보기 좋게 떨어졌어요. 그래서 과연 제가 작가의 길을 가도 될지 망설여지는 거예요. 용기도 잃고요."

나는 J가 왜 나에게로 찾아왔는지 이제야 좀 알 것 같았다. J의 고민은 좋아하는 일과 잘하는 일 사이의 선택인 모양이다. 많은 사람이 진로를 결정할 때, 이 문제 앞에서 혼란스러워하니까. J도 예외는 아닌가 보다.

나는 J에게 따뜻한 목소리로 말했다.

"J야, 이제 너는 겨우 고등학생이야. 벌써 신춘문예에 당선

되는 게 더 신기한 일이지. 떨어지는 게 어쩌면 당연한 일 아니겠어? 그리고 몇 번이나 보낸 거야?"

J가 기어들어 가는 듯한 목소리로 말했다.

"처음이자 마지막으로 한 번이요."

내가 한바탕 소리 내어 웃었다.

"뭐, 처음? 하하하. 처음 응모해놓고 떨어지니까 그렇게 고민하는 거야? 네가 작가로서 소질이 없다고 생각하는 거니? 습작은 많이 하고, 다듬는 작업은 얼마나 하고 보낸 거야?"

나는 다시 J를 채근했다. 그러자 J가 볼멘소리로 답했다.

"습작은 그냥 일기 쓰는 정도요. 그리고 수정 없이 바로 보냈어요."

나는 아, 하고 탄식이 나왔다. 예전에 인디고 아이들의 존재가 궁금해져 인터넷을 검색해 봤던 이야기의 한 조각이 떠올랐다. 인디고 아이들은 너무 이른 시기에 실패를 경험하면 그 일을 계속 배우기를 포기하고 그 영역과는 담을 쌓는다고 한다. J도 그 그물에 갇힌 모양이다. 나는 J에게 부드럽게 말했다.

"J야. 신춘문예에 당선되는 사람들은 대부분 수많은 낮과 밤을 고통 속에 보내면서 끊임없이 습작하며, 자기 자신을 극한까지 밀어 넣는 노력을 계속하고 있었을 거야. 그리고 고치고,

또 고치는 과정을 거치는 작업을 한 다음에야 비로소 그 원고를 신문사에 보내지. 그런데 너는 그런 과정이 전혀 없이 그냥 시험 삼아 툭 던져보고는 지금 좌절하는 거야? 네가 글 쓰는 능력이 없다고? 신춘문예에 당선된 사람들도 어쩌면 처음에는 다 너처럼 자기 자신이 써놓은 글을 보고 실망했을지 모르지. 자기가 글 쓰는 능력이 없다고 머리를 쥐어뜯을 수도 있어. 하지만 노력하고 또 노력해서, 다듬고 또 다듬고 해서 결국은 좋은 결과를 쟁취한 거겠지."

J가 아직도 나를 슬픈 눈으로 바라보면서 말을 했다.

"그럴까요? 하지만 진짜 글 쓰는 데 재능이 있다면 한 번에 쓱 쓰고 나서 신춘문예에 응모하면 당선되어야 하는 것 아닐까요? 영화 같은 데 보면 그렇잖아요."

내가 씩 웃으며 대답했다.

"그래, 그런 건 영화나 만화에서나 나오는 일이지. 너는 만화 주인공이나 영화 주인공이 아니잖아. 하하하."

순간, 지금 웃으면 안 되는데 하는 후회가 밀려왔다. 하지만 이미 엎질러진 물이었다. 나는 J의 표정을 급히 살폈다. 다행히 J는 자기 생각에 빠져 있어서 내 반응 따위는 신경 쓰지 않는 듯했다. J는 나에게 다시 말했다.

"그럼 선생님, 제가 일단 글에 별로 재주가 없다는 전제로 한번 들어보세요. 진로를 결정할 때 자기가 좋아하는 일을 선택해야 할까요, 잘하는 일을 선택해야 할까요? 선생님은 어떻게 생각하세요?"

나도 갑자기 심각해졌다. 이것만큼 어려운 질문은 없는 듯하다. 하지만 나는 그냥 솔직하게 내 생각을 그대로 말해주기로 했다. 최종 판단은 J의 몫이다. 나는 물가까지만 인도해주면 되고, 그 물을 마실 건지, 말 것인지는 J의 판단이다.

"J야, 참 어려운 문제이긴 해. 하지만 내 생각을 말해준다면 좋아하는 일을 하라고 말해주고 싶어. 물론 조건이 있어. 뭐냐 하면, 그 좋아하는 일을 택하고 나서 닥쳐올 모든 비난과 어려움에 끝까지 포기하지 않고 맞설 수 있는 용기와 끈기가 있다는 전제가 있어야 해. 반드시 이 전제를 생각해야 해. 그걸 해낼 수 있다면, 나는 좋아하는 일을 하라고 말해주고 싶어. 사실 제일 좋은 건, 자기가 좋아하는 일과 잘하는 일이 일치하는 거야. 그러나 대부분 사람이 그렇지 못할 때가 많지. 그럴 때 사람들은 갈등하는 거야. 과연 어느 길을 선택해야 하는 걸까. 인생이라는 게 한 장뿐인 필름처럼 흘러가 버리면 그 인생은 다시 사용할 수 없는 필름이 되어버리지. 그래서 신중해야 해. 이런 시도 있잖아. 두 갈래 길이 있는데 어느 길을 갈까 망설이다가 한쪽 길을 선택했는데, 남은 다른 길에 계속 아쉬움이 남더라는 시 말이야. 프로스트의 '가지 않은 길' 말이지. 동서고금을 막론하고, 인생을 살다 보면 누구나 이런 선택의 문제에 내몰리는 거지. 그런데 자, 보자고. 내가 잘하는 일과, 하고 싶은 일은 달라. 아주 달라. 그런데 많은 인생 선배들이 말하지. 잘하는 일을 하라고. 좀 하기 싫은 일이라도 계속하다 보면 적당히 익숙해지고 편해진다고. 그 말이 맞을지도 몰라. 사람은 적응의 동물이라서 좀 하기 싫은 일도 하다 보면 거기 머무는 걸 좋아하게 될 수도 있지. 사람은 항상 변할 수 있으니까 말이야. 반대로, 잘하지는 못하지만 좋아하는 일을 선택하면 인생이 험난해질 수 있지. 처음에는 열정적으로 덤벼들지만, 나중에는 지치게 되지. 왜냐하면 다른 사람들은 다 자리를 잡아서 편안하고 행복하게 살아가는 것 같은데, 혼자만 힘들게 사는 것 같아서 말이야. 그리고 처음에는 좋아하는 일에 열정을 쏟는 사람에게 응원이나 격려를 보내던 주변 사람들도 점점 시간이 흐르면 그 사람에게 차갑게 돌아서거든. 더 이상의 응원을 기대해선 안 돼. 다들 비난하지. 그 나이에 뭐 하느냐고. 아직도 성과를 못 냈느냐고. 그리고 무능력한 사람으로 낙인찍고 상대도 안 하려고 하지. 이러한 비난과 굴욕을 다 감수할 자신이 있다면 자기가 좋아하는 일을 과감하게 선택해. 하지만 결국 무릎을 꿇고 항복할 거라면 처음부터 좀 싫어하지만 잘하는 일을 선택하는 게 현명하지."

J는 나의 이야기를 들으면서 얼굴이 점점 흙빛으로 변해갔다. 그리고 고통스러운 듯이 얼굴을 찡그리며 겨우 입을 열었다.

"선생님, 그렇게 견디기 힘들까요? 그런 비난과 굴욕감이 열정적인 사람을 무너뜨리게 할까요?"

나는 무겁게 대답했다.

"현실이 그래. 인간은 나약하거든. 소수의 사람만 그 비난을 감내할 용기가 있지. 처음의 열정과 의지는 시간이 지날수록 쇠약해지거든. 사람의 정신은 육체에 지배를 받는 편이지. 세월이 흘러서 육체도 조금씩 예전과 같지 않아지면 인간의 정신도 따라 소멸해가는 법이야. 의지도 그렇고 열정도 퇴색되어 가지. 그 모든 걸 다 견디어낼 수 있는 사람은 아주 소수야. 그래서 많은 어른이 말을 하지. 편한 길을 가라고. 그래야 네가 행복하게 살 수 있다고. 그건 먼저 인생을 살아본 사람들이 자기가 경험한 걸 그대로 이야기해주는 거지. 다수의 사람은 평범하거든. 그리스 신화에 나오는 시지프스처럼 그 형벌을 견디어 낼 사람은 거의 없다고 보면 돼.”

J는 멍한 눈이 되어 나를 바라봤다. 아직 해답에 도달하지 못했나 보다.

“선생님, 그럼 선생님은 어느 길을 선택할 건가요?”

나는 단호한 어조로 대답했다.

“나는 좋아하는 일을 선택할 거야. 나도 내가 잘하는 일과 좋아하는 일이 일치하는지, 어떤지는 아직도 잘 모르겠어. 하지만 무조건 좋아하는 일을 선택할 거야. 왜냐하면 나는 조금이라도 싫은 일을 하고 있으면 숨을 쉴 수가 없거든. 사는 재미가 없어져. 그리고 그 일이 너무 하기가 싫어지는 거야. 이런 기질의 사람들이 소수지만, 존재하는 것 같아. 그런 사람들은 어쩔 수 없이 어떤 어려움이 있더라도 좋아하는 일을 선택할 수밖에 없어. 왜냐하면 살아야 하니까. 물론 다른 사람들의 낙인과 비난의 화살이 몰려올 때 감당을 못해서 좌절할 수도 있겠지. 그럴 때는 바보처럼 거울을 보며 말하겠지. '너는 이 정도밖에 안 되는 인간이야. 그런데도 무슨 만용으로 여기까지 온 거야', 라며 스스로 힐난할 때도 있겠지. 하지만 나는 앞으로 계속 나아갈 거야. 잠시 무너질 수는 있더라도, 나는 끝까지 내가 가고자 하는 길로 걸어갈 거야. 내가 좋아하는 일을 할 거야. 세상 사람들이 어떤 비난을 내게 쏟아놓더라도, 그리고 어떤 굴욕감을 매일 느끼게 하더라도 나는 내가 가고 싶은 길을 포기하지 않을 거야."

J의 눈에 눈물이 촉촉이 맺혔다. 나도 갑자기 숙연해졌다. 말하다 보니, 너무 비장한 어조가 되어버렸다. J가 말했다.

"선생님 이야기를 듣다 보니 눈물이 나네요. 한편으로는 선생님이 너무 대단한 것 같고, 또 한편으로는 선생님이 너무 가여우신 것 같아요. 외롭게도 느껴지고요. 결국, 혼자 그걸 다 감당해야 하는 거잖아요."

J는 역시 인디고 아이답게 내 마음을 다 읽어버렸다. 나는 한편으로는 염려스러운 마음이 되어 덧붙였다.

"그런데 J야. 솔직하게 너에게 이런 길을 추천해주고 싶지는 않아. 이건 사람의 기질 문제야. 남과 비슷한 길을 갈 수 있는 사람이 있고, 그렇지 못한 사람이 있는 거야. 성격의 문제라고 할 수도 있지. 어떤 작가분이 말하길, '성격이 곧 사주팔자다' 라고 하셨지. 자기 성격이 자기 운명을 결정짓는다는 거야. 나는 이 말이 참 맞는 것 같아. 내가 여기까지 살아보니까, 주변을 보면 성격대로 인생이 흘러가는 것 같거든. 참 신기해. 능력과는 또 다른 문제인 것 같기도 해."

J가 어두운 표정을 날려버린 채, 호기심 어린 눈빛으로 물었다.

"성격이 인생을 좌지우지한다고요? 성격이 사주팔자라고요? 능력보다 성격이 더 영향력이 크다고요?"

나는 고개를 크게 끄덕였다.

"그래, 맞아. 내가 살아보니까 그래. 주변을 봐도 그렇고. TV에 나오는 사람들도 잘 관찰해봐. 인생의 결말을 말이야. 틀에 맞춰 잘 따르고 순응적인 사람들이 더 안락한 삶을 사는 건 맞아. '모난 돌이 정 맞는다'는 우리 속담도 있잖아. 그건 맞아. 그게 옳고 그르고를 떠나 맞는 말이지. 그런데 모난 돌이 되고 싶어서 되는 게 아니라, 타고난 기질이야. 그 성격과 기질을 억눌러서 모난 돌이 둥근 돌이 되면 사는 게 좀 편해질 수 있지. 그런데 틀에 맞춰 사는 데 적응을 잘하는 사람들도 만일 성격이 비관적이면 그 삶은 불행해져. 긍정적인 사람이 성공한다는 말은 그냥 괜히 위안을 주려고 하는 말이 아닌 것 같아. 다들 성격 개조를 하기 위해 그런 말이 떠돌아다니는 것도 아닌 거야. 자, 생각해봐. 비관적인 사람은 항상 자기 자신을 나무라고, 세상을 원망하지. 우리 육체는 항상 우울한 생각을 하면 영향을 받아서 장기가 위축되어서 건강이 나빠져. 건강이 나빠지면 어떻게 되겠니? 하는 일을 잘할 수도 없어. 그런 악순환이 계속되면 결국엔 인생이 불행해지는 거지. 하지만 긍정적인 사람은 아무리 위기가 닥쳐와도 그냥 잘되겠지 하고 생각하는 거야. 물론 잘될 수도 있고, 아닐 수도 있어. 하지만 잘되든, 잘되지 않든 이런 사람의 경우엔 건강만은 잃지 않는 거야. 어떤 어려움이 쓰나미처럼 밀려와도 비관하지 않고 잘될 거라는 생각을 하는 사람은 몸을 망치진 않거든. 그럼 다음 기회가 보장되는 거지. 재기의 기회를 마련할 수 있는 거야. 몸만 건강하면 다시 도전해볼 기회를 찾을 수 있는 거야. 설사 재기의 기회가 오지 않더라도 건강한 인생은 살 수 있지. 애니페이슨 콜이라는 미국 대학교수가 아주 오래전에 쓴 〈휴식의 철학〉이라는 책이 있어. 이 책을 우리나라 청소년들도 모두 꼭 읽었으면 하는 바람이 있지. 왜냐하면 이 책을 청소년 때 읽으면 많은 아이가 인생이 바뀔 수도 있거든. 이 책에는 수많은 어른도 놓쳐버린 인생의 지혜가 들어가 있어. 이 책에는 우리가 어떻게 살아야 하는지 그 실천 방법을 친근하고 구체적인 사례들로 알기 쉽게 설명해놓았거든. 어느 시대에 읽어도 와닿는 이야기야. 인생의 소중한 진리가 담긴 책은 시간을 초월

하는 법이거든. 사람은 비관적으로 생각해서 자기 몸을 긴장
시키면 결국 생명을 갉아먹고 하는 일도 제대로 성공할 수 없
는 거야. 그리고 그 비관주의 성격이 결국은 자기를 파괴하지.
설사 능력이 뛰어난 사람이라도 긍정적인 성격이지 못하고 비
관적인 성격이라면 자신의 삶을 성공적으로 마무리할 수 없는
거야."

J의 얼굴은 한결 밝아졌다. 그리고 드디어 확신에 찬 어조로
말했다.

"선생님! 저는 이제 제 고민에 대한 해답을 찾은 것 같아요.
저는 제가 좋아하는 일과 잘하는 일 사이에서 헤맸거든요. 아
직 제가 글 쓰는 일을 잘하는지 못하는지 그 검증을 확실하게
못 해서 계속 그 꿈을 꿔야 할지, 말아야 할지 좀 방황했어요.
이제 곧 진로를 결정해야 하는 때가 오는데, 어떤 전공을 목표
로 삼고 가야 할지 무척 고민이 되었거든요. 전 사실 작가가
되고 싶어요. 몹시 되고 싶어요. 예전에 선생님이 헤르만 헤
세의 〈데미안〉 이야기를 하셨잖아요. 저도 그동안 그 책을 여
러 번 읽어봤어요. 헤르만 헤세에게 푹 빠졌죠. 헤세 같은 작
가가 되고 싶었어요. 그래서 신춘문예에도 응모해보았죠. 하
지만 결과는 아까 말한 그대로예요. 저는 헤세에게 너무 빠져

서 헤세가 그랬던 것처럼 서점에 취직해볼까 하는 생각을 해 본 적이 있을 정도예요. 어쩐지 헤세와 제가 너무 닮아있는 것 같아서요. 〈수레바퀴 아래서〉를 읽고도 헤세 마음이 꼭 제 마음 같았거든요. 헤세가 보낸 학교생활과 제 상황이 너무 비슷한 것 같아서요. 공감이 너무 많이 된 거죠. 그런데 우리나라 서점은 헤세가 살던 그 옛날 독일 서점과는 너무 다를 것 같아서 그 생각은 접었어요. 그런데 어쨌든 헤세 같은 작가가 되고 싶은 거 있죠? 선생님 이야기를 듣다 보니, 제가 글을 쓰는 데 재능이 있든, 없든 그냥 그 길을 가려고 해요. 제일 갈망하고 좋아하는 일이니까요. 나중에 선생님 이야기처럼 재능이 부족해 사람들에게 비난받고 굴욕감을 당할 수도 있겠죠. 하지만 전 꿋꿋하게 이겨낼 생각이에요. 매일매일, 매 순간 시지프스가 되어 바위를 산꼭대기까지 끌어올렸다가 내리는 일처럼 글 쓰는 일이 세상의 잣대에선 무의미해지더라도 전 그 형벌을 견디려고 해요. 이제 제가 어떤 선택을 해야 할지 감을 잡았어요!"

J의 표정은 이제 자신감이 넘쳐 보였다. 내 이야기를 듣고 해답을 찾았다니 다행이었다. J와 나는 역시 잘 통하는 구석이 있는가 보다. 누구나 내 이야기를 듣고 해답을 찾는 건 아

닐 테니 말이다.

나는 J에게 말했다.

"와, 축하해줘야겠네. 너의 선택을 축하해! 앞으로 네 인생에 어떤 일이 펼쳐지더라도 그 꿈을 놓치지 마. 누구나 헤르만 헤세 같은 작가가 되지는 못하더라도, 글을 쓰면서 행복을 느끼며 살 수는 있지. 그리고 누구처럼 되는 게 목표가 되면 안 돼. 그 사람을 뛰어넘든지, 아니면 그 사람과 다른 색깔, 즉 자기만의 색깔을 찾아가야지. 누구와 똑같을 필요는 없지. 그건 사실 어떤 의미에서는 '패배'야. 설사 현실적으로 성공했다고 하더라도 자기 색깔이 없는 작가는 본질적으로 패배한 거야. 그러니 세상의 기준에 맞춰 성공하는 것보다는, 자기 안에서 최소한 패배하는 걸 피하는 것을 목표로 살아가야 하는 거야. 그래야만 끝까지 버틸 수 있어. 아무리 세상의 비난이 쏟아지더라도 그 폭탄 세례를 뚫고 자기의 진짜 목표를 향해 갈 수 있는 거지."

J가 흥분해서 소리쳤다.

"오호, 좋아요. 선생님! 그 말이 정말 마음에 드네요. '성공이 아니라, 최소한 패배는 피하라'는 말을 새기고 갈게요."

나는 J의 이 다짐의 말을 듣고 인디고 아이들이 자기 재능을 맘껏 발휘해서 세상에 이로움이 되기를 바랐다. 그리고 문득 인디고 아이들이 천재와는 어떻게 다를까에 대해 생각해보았다. 이탈리아의 체자레 롬브로조 박사는 아주 오래전에 〈미쳤거나 천재거나〉라는 책을 쓰면서 천재에 관한 사례를 모았다. 이 책은 천재와 광기에 관한 이야기인데, 천재들도 자기를 제대로 통제하지 못하거나 시대를 잘못 만나면 그 재능을 발휘하지 못한 채 '궤도를 잃은 유성'처럼 사라져갈 수도 있다는 것이다. 나는 이런 이야기가 생각나서 J에게 말했다.

"J야, 자신의 재능을 세상이 알아주지 않는다고 해서 너무 자신을 책망할 필요는 없어. 그냥 자기가 좋아하는 일을 즐기기만 해도 그 인생은 절대로 불행하지 않아. 남과 비교해서 자기의 상황을 비관하면 할수록 그물에 갇히게 돼. 갑자기 생각이 났는데, 내가 재밌는 이야기를 하나 해줄게."

J는 손뼉을 치며 좋아했다.

"네, 선생님. 재밌는 이야기, 너무 좋아해요. 어서 해주세요."

나는 오랜만에 학원 수업 때 아이들에게 재미있는 이야기를 들려줄 때처럼 말하기 시작했다.

"내가 〈미쳤거나 천재거나〉라는 책에서 읽었던 이야기야. 옛날에 카스타뇨라는 양치기가 있었대. 그런데 어느 날 양을 돌

보고 있는데, 돌풍이 불어와서 그걸 피해서 예배당으로 들어 갔다네. 그때 도장공이 성모마리아의 그림에 도료를 덧바르는 것을 보게 되었다고 해. 그때부터 카스타뇨는 그 일을 하고 싶다는 충동을 억제할 수 없었고, 목탄을 가지고 다니면서 시간이 날 때마다 그림 그리는 연습을 하게 되었다는 거야. 그의 이름은 먼저 지역 주민들 사이에서 유명해졌고, 그리고 후에 베르나르 디노 메디치의 눈에도 들게 되었대. 그의 후원 덕분에 제대로 된 화가 수업도 받고, 결국엔 화가로 크게 성공했다는 거야. 이렇게 어느 날 갑자기 자기가 좋아하는 일을 우연히 알게 되는 수도 있는 거야. 물론 이 사람의 경우에는 운이 좋아서 지역 유지의 눈에 띄어 큰 성공까지 가게 되었지만 말이야. 만일 이 사람이 성공을 못 했더라도, 그림을 그리는 일을 즐기기만 해도 좋았지 않았을까. 적성에 안 맞는 양치기를 하는 것보다는 최소한 행복했을 것 같아."

J는 공감의 의미로 고개를 까닥까닥했다. 나는 계속 이야기를 이어갔다.

"또 한 사람의 이야기를 해줄게. 역시 같은 책에서 읽은 이야기야. 피렌체에서 제지 업자로 일하던 베스파시아노 드 비스티치는 직업상 수많은 책을 접하고 문인과 학자들과도 빈번

하게 만나야 했대. 그런 생활 속에서 그 자신도 문학을 직업으로 삼게 되었다는 거야. 〈미쳤거나 천재거나〉의 저자인 롬브로조 박사는 이렇게 말하더구나. 대체로 기회라는 것은 이미 가득 채워진 술잔에 마지막 한 방울을 더하는 것일 뿐이라고 말이야. 하지만 천재들은 그 잔이 넘치도록 만드는 역할을 해내는 것이라고."

내 이야기를 가만히 듣고 있던 J가 말했다.

"기회라는 말과 관련된 이야기 중에 가장 멋진 표현 같아요. 이미 가득 채워진 술잔에 마지막 한 방울이라는 말이요. 그러니까 기회가 올 때까지 최선을 다해 만반의 준비를 해놓고 있어야 그 기회를 잡을 수 있다는 이야기군요."

내가 말했다.

"J야, 역시 너는 이해력이 좋구나. 그러니 너무 자기 자신의 재능에 대해 자책하거나 절망할 필요는 없어. 진짜 재능이 부족해서 세상이 알아주지 않을 수도 있지만, 반면에 재능이 뛰어나도 세상이 몰라줄 수도 있는 법이야. 하지만 진실은 언젠가는 밝혀질 테니까, 그냥 좋아하는 일을 즐기며, 최선을 다해서 살아가면 그뿐이야. 우리가 너무나 잘 아는 빈센트 반 고흐만 해도 죽기 전까지 1천여 점에 가까운 그림을 그렸지만, 살아생전 정식으로 판매된 유화 그림은 〈아를의 붉은 포도밭〉 단 한 점뿐이었다고 해. 그러니까 세상의 시선 따위는 신경 쓰지 말고, 만일 네가 좋아하는 일을 선택한다면 그냥 그걸 즐기기만 해."

I n d i g o   c h i l d r e n

카르마(Karma)

'하다', '만들다'를 의미하는 'kri'에서 유래된 명사형이다. 글자 그대로 행위를 '하다' 혹은 '만들다'라는 의미이다. 그러나 철학적인 의미의 카르마는 전문적인 의미가 있는데, 가장 좋은 말은 '결과'라고 번역하는 것이다.

즉 어떤 실체가 행위를 하게 되면 그는 내면으로부터 행동하는 것이다. 많고 적음의 차이는 있지만, 그는 자신의 본래 에너지를 사용해서 행동하는 것이다. 이러한 에너지가 흘러나오면, 주위에 있는 환경, 즉 자연에 충격을 주며, 자연으로부터 즉각적이거나 혹은 지연된 반작용이 오게 된다. 그래서 카르마의 법칙을 다른 말로 말하자면, 작용과 반

작용의 법칙, 원인과 결과의 법칙 등으로 부른다.

카르마는 운명주의가 결코 아니며, 일반적으로 말하는 행운도 아니다. 본질적으로 자유 의지에 대한 가르침이다. 왜냐하면 어떤 행위-영적 · 정신적 · 심리적 · 물리적 행위 등-를 시작한 실체가 그로부터 일어나는 결과에 대해서 책임이 있기에 그 행위자에게 곧 되돌아가기 때문이다.

-『운명의 바람 소리를 들어라』 중에서

8장

끝과 시작, 그 영원을 위하여

J와 나는 시간이 가는 줄도 모르고 대화를 이어갔다. 우리의 대화는 다시 처음 우리가 만났을 때 J가 나에게 들려준 인디고 아이들에게로 돌아가 있었다. 나는 J에게 물어보았다.

"J야, 그럼 너희 학교 선생님 중에는 네가 인디고 아이라는 것을 아시는 분이 있니? 아니면 네가 말한 적이 있니?"

J는 나의 이 질문을 받고 고개를 도리도리 저었다.

"없어요. 저도 뭐 이야기한 적도 없고요. 선생님한테만 말한 거예요. 어른 중에는 말한 사람이 없어요. 선생님은 저랑 잘 통하니까요."

이 말을 하면서 J는 마지막 말꼬리에서 기묘한 웃음을 날렸다. 나는 J의 그 웃음이 마음에 좀 걸렸지만, 딱히 그걸 트집 잡을 수는 없었다. 그래서 인디고 아이들만의 독특한 웃음이라고 내심 생각했다. 인디고 아이들은 혼자서 모든 걸 꿰뚫어 보기 때문에, 내가 모르는 자기만의 웃음 코드가 있을 것 같았다.

내가 예전에 찾아본 자료에 의하면 인디고 아이들은 까다로운 음식 알레르기도 있고, 잘못 판단하면 자폐아처럼 보이는 면도 있다고 했다. 인디고 아이들은 자신의 내면에 갇혀 자기만의 세계를 건설하고 지내는 경향이 있다고 한다. J도 학원 수업 때 보면 늘 자신의 세계 속에 많이 머물러 있는 것처럼 보였다. 또 인디고 아이들은 화가 났을 때 속으로 삭이지 못하고, 밖으로 그 분노를 터뜨리듯이 폭발시킨다고 한다. 그들의 과격할 정도로 솔직한 감정 표출은 때로는 보통 사람들이 봤을 때 과잉 행동 장애처럼 보이기도 한다. 그러나 인디고 아이들은 ADHD(과잉 활동성 주의력 결핍 장애) 아이들과는 근원적으로 다르다.

원래 이 인디고 아이들을 처음 발견했던 미국의 정신과 의사는 어떤 특정한 아이들 주변에서 감도는 남색의 파장을 인디언 아이들에게서 처음으로 보았다고 한다. 특히 인디언의 나바호 부족의 아이 중에서 이러한 남빛이 주위에 맴도는 걸 처음 발견했는데, 전 세계의 어린이들로 그 대상 범위를 넓혀

가며 다 조사해보니, 인디고 아이들은 세계 이곳저곳에 모두 다 흩어져 있더라는 것이다.

이 아이들은 작은 실패에도 크게 좌절하며, 한번 그 덫에 잘못 걸리면 그쪽은 쳐다 보지도 않는 습성도 발견되었다고 한다. 처음에는 학교에서 수업에 집중하지 못하는 문제나, 정신병이 있는 증상의 아이들과 혼동하여 다뤄졌지만, 나중에 학자들의 연구 끝에 이 인디고 아이들의 존재가 수면 위로 드러난 것이다. 그래서 인디고 아이들이 보통 문제가 있는 아이들과 달리 남빛의 기운이 주변에 감돌고 있는 아이들로 분류되고, 어떻게 보면 '신기를 가지고 태어난 아이들'로 구별되는 것이었다.

한편, 인디고 아이들의 우주적 신분은 8차원의 6단계에서 10단계의 영혼들이라고 주장하는 사람들도 있다고 한다. 우주가 여러 차원의 세계로 나뉘어 있고, 영혼들이 그 단계별로 진화되어 가는 과정이라고 생각한다. 인디고 아이들은 고차원의 세계에서 지구로 왔고, 지구의 사람들을 진화시키려는 임무가 있다는 것이다. 나는 J에게 이 부분에 대해 또 물어봐야겠다는 생각이 들었다.

"J야, 너 생각나니? 우리가 처음 대화를 시작했을 때, 네가 인디고 아이라는 걸 밝혔잖아. 그래서 내가 그 이후로 자료를 이것저것 찾아봤지. 그중에서 제일 신기하고 이해할 수 없었던 건 인디고 아이들의 우주적 신분이었지. 그냥 단순히 인디고 아이들을 창의력이 뛰어난 아이로 바라본다면 이해하기가 한결 더 쉽거든. 그런데 인디고 아이들을 '별의 씨앗', 혹은 '별에서 온 아이'로 규정짓고 있어서 매우 신비로웠지. 너는 인디고 아이로서 어떻게 생각하니?"

J가 가만히 듣고 있더니, 금방 대답을 했다.

"선생님, 제가 처음에도 말했던 적이 있지만, 저는 우주가 몇 차원으로 존재하는지 모르겠어요. 정말 그렇게 말하는 사람들이 있다면 과연 그게 진짜일까 하는 생각도 들 정도예요. 저는 모르는 일이에요. 예전에 선생님이 학원에서 수업시간에 이야기해주셨잖아요. 소크라테스는 아는 건 안다고 말하고, 모르는 건 모른다고만 말해도 지혜로운 사람이 된다고요. 저는 딱 제가 아는 것만 말할 뿐이죠. 우주가 몇 차원으로 존재하고 그 정확한 숫자까지 안다고 하는 사람들은 스스로 인디고 아이들도 아마 아닐 거예요. 그런데 그들이 어떻게 그걸 알 수 있죠? 별에서 온 인디고 아이들도 모르는데 말이죠. 그러니 세상에는 진짜와 가짜의 사실이 섞여 있고, 진짜처럼 말하는 가짜도 있고, 가짜처럼 보이는 진짜도 있는가 봐요. 그리고 우주라는 것이 우리가 헤아릴 수 있는 그런 숫자의 개념으로 설명할 수 있는 세계는 아닐 것 같아요. 이미 인간의 언어로 규정하려고 할 때 우주의 본질적인 개념은 저 멀리 사라져 갈 거예요. 그리고 마찬가지로 몇 단계라고 숫자로 표시하는 것조차 불가능한 우주의 세계에서 인디고 아이들이 어느 단계에 사는 존재였다고 말하는 것도 사실은 말이 안 되는 일이죠. 그래서 자꾸 거짓이 섞여 들어가서 정작 사실인 이야기까지 거짓처럼 보이기도 하는 거죠. 사실, 거짓을 진실처럼 보이게 하는 가장 좋은 방법은 사실들 속에 거짓을 심어놓는 일이라고 하더군요. 진실은 백 퍼센트 진실해야만 그게 진실로서 의미가 있는 거죠. 진실들 속에 거짓을 교묘하게 섞어놓으면 그건 틀림없는 거짓이죠. 그러니 인디고 아이들에 관해 이야기하는 것 중에 진짜와 가짜를 잘 구별해가면서 알아가는 게 중요하죠. 뭐든 현명하게 판단하는 능력이 제일 중요한 것 같아요. 그래야 진짜 속에 섞인 가짜에 속지 않을 수 있거든요."

J의 설명을 듣고 보니 정말 그랬다. 내가 찾아본 자료에도 인디고 아이들에 관해서 여러 가지 이야기들이 있었다. 하지만 어디까지가 진짜이고 사실인지, 어디까지가 가짜고 지어낸

이야긴지 알 수 없었다. 그러나 아무리 찾아봐도 인디고 아이 스스로가 말하는 인디고 아이는 없고, 모두 다 인디고 아이를 가르쳤거나, 관찰했거나, 그들 주변의 사람들이 말하는 것뿐이었다. 인디고 아이가 나서서 '나는 인디고 아이다!'라고 선언하면서 자신의 이야기를 들려주는 책도 없었다. 주객이 전도되어 모두 다 주변인들이 나서서 인디고 아이는 이렇고, 저렇다는 이야기만 들려주는 거였다. 그렇게 되면 정말 장님이 코끼리를 만지듯, 각기 자기가 만지는 부분을 전체인양 알려줄 수밖에 없다. 인디고 아이에 대해 말하려면 인디고 아이 스스로가 나서야 하지 않을까. 이런 생각을 하는데, J가 내게 물었다.

"선생님, 인디고 아이들이 왜 스스로 나서서 말하지 않을까 궁금하신 거죠?"

J는 역시 나의 마음을 다 읽고 있는 듯했다. 나는 고개를 끄덕였다. 그러자 J가 다시 말을 이어갔다.

"그 이유를 알려드릴까요? 원래 무림의 고수도 자기가 직접 나서는 걸 좋아하지 않아요. 원래 익은 벼가 고개를 숙이고, 빈 깡통이 요란한 법이죠. 정작 당사자인 인디고 아이들은 자기 자신에 대해 이렇다, 저렇다고 아직 정식으로 밝힌 적이 없는 것 같아요. 인디고 아이 중에 누군가가 나서서 '나는 인디고 아이다'라고 이렇게 한 번쯤은 선언해도 좋을 법한데 말이죠. 인디고 아이들은 자기 정체가 드러나는 게 싫겠죠. 자기 신분이 지구인들에게 노출되는 순간, 잘못하면 자기를 보호할 수 없게 될 수도 있으니까요. 그래서 아마 이제까지 대놓고 나서는 인디고 아이들이 없을 수도 있겠죠."

나는 J의 설명을 듣고, 그럴 수도 있겠다는 생각이 들었다. 마치 외계인이 정말 이 지구에 나타난다면 그들을 따뜻하게 맞이해 친구로 대해주기보다는, 당장 산 채로 잡아서 연구 대상으로 삼아버릴 수도 있는 것처럼 말이다. 그러니 인디고 아이가 '나는 인디고 아이다'라고 선언하는 게 무척 큰 용기가 필요한 일일 수도 있을 거다. 나도 J가 그렇게 실험실 연구 대상으로 전락하길 바라지는 않는다. 나는 J에게 또 물었다.

"그런데 아무리 생각해도 이 우주의 메시지를 인디고 아이들이 수시로 받는다는 게 신기해. 그리고 또 인디고 아이들이 메시지를 쏘아 올리면 우주에서 응답도 받는다고 했잖아? 그럼 인디고 아이들에게 우주는 다른 종교에서 말하는 신적인 존재이고, 인디고 아이들이 보내는 메시지는 기도와 같지 않을까? J야, 너는 어떻게 생각하니? 좀 비슷하지 않니?"

J는 나의 이 말에 잠시 생각하는 듯하더니, 곧 대답했다.

"선생님, 그렇게 생각할 수도 있겠네요. 하지만 이 우주는 다른 종교들에서 정해놓은 신적 존재와는 달라요. 대부분 종교에서 이야기하는 신들은 착한 일과 나쁜 일이라는 도덕적 잣대를 인간에게 요구하잖아요. 착하게 살아라, 나쁜 짓을 하지 말아라, 등등 규율도 있고요. 그리고 마치 사람의 가장 좋은 점이나, 능력의 최고 상태를 신적 특성으로 규정해놨잖아요. 그런데 이 우주는 그런 잣대나 도덕적 개념과 딱 맞아떨어지진 않아요. 사람처럼 인격화된 존재도 아니고요. 하지만 일반적인 종교에서 말하는 신의 존재는 사람이 생각할 수 있는 범위 내에서 생각하고 또 지켜야 할 것들도 알려주고 그러잖아요. 하지만 우주는 인디고 아이들에게 무엇은 나쁜 짓이니까 하지 마라, 좋은 일이니까 하라, 등등 이러한 도덕적인 메시지는 보내오지 않거든요. 그래서 우주와 일반 종교에서 말하는 신적 개념은 본질적인 면에서 볼 때는 완전히 다른 것 같아요. 전 한 번도 그런 메시지를 받은 적이 없거든요. 다른 인디고 아이들도 아마 마찬가지일 거예요. 게다가 한번은 이런 일도 있었죠. 제가 굉장히 억울한 일을 당해서 분노가 하늘 끝까지 치솟은 적이 있었는데, 우주로 그 분노의 에너지가 파장으로 전달되어 메시지가 되어버린 거예요. 그랬더니 저는 딱히 어떤 구체적 메시지를 우주에 보낸 적도 없었는데, 우주는 그 분노의 에너지대로 그 대상에게 상처를 입혀버렸어요. 자전거를 타다가 크게 다쳐서 트라우마가 생겨 다시는 자전거를 타지 못했다고 해요. 물론 한동안 그 상처도 치료해야 했다고 해요. 그래서 이런 일들이 반복되니까, 저는 화를 내는 일을 최대한 참으려고 하죠. 자칫 제 분노의 에너지가 우주로 그 파장이 올라가서 어떤 메시지로 바뀌어 전달될 수 있다는 걸 알게 된 거죠. 그럼 자칫 상대방이 죽을 수도 있는 거죠. 그래서 어느 순간부터는 가능하면 분노를 터뜨리지 않으려고 조심하는 편이죠."

나는 J의 이 이야기를 듣자, 좀 섬찟해졌다. 그리고 인디고 아이들은 자기도 모르게 초능력을 갖고 태어난다는 것을 알았다. 마치 다양한 기능의 메뉴 버튼이 있는 최신식 기계를 갖고 있는데, 정작 본인은 그 기계를 상세하게 다룰 줄 모르는 상황과 비슷했다. 살아가면서 그 기계를 우연히 이것저것 만져보다가 한 번씩 학습하여 그 기능을 익혀가는 것과 비슷한 상황이었다. 아직 J 스스로가 모르는 인디고 아이들의 능력은 어디까지일까. 문득 궁금해졌다. 나는 J에게 물었다.

"J야, 인디고 아이들은 점집을 차려도 되겠어. 사람의 마음마저 꿰뚫어 보고 미래도 알 수 있으니까, 언뜻 생각하면 점집을 차려도 호황을 누릴 것 같아, 하하하."

나의 이 농담에 J는 따라 웃지 않았다. 그리고 말했다.

"사실 이모를 따라 점집에 한 번 따라간 적이 있어요. 무당이 점을 보고 있었는데, 제가 그 집 방의 문턱을 밟는 순간, 그 무당이 어지럽다고 했어요. 그리고 이모에게 저를 가리키면서, 쟤는 기가 너무 세다고 말하더군요. 그래서 자신이 그 기운 때문에 어지럽다고요. 정작 점을 보러 간 이모보다는 저한테 이것저것 말을 많이 시키더라고요. 그래서 이모가 걱정스럽게 물어봤죠. 그럼 얘도 무당을 해야 한다는 말씀이냐고 물었죠. 그랬더니, 그 무당이 제가 신기가 있긴 한데, 무당이 되는 것과는 또 다른 신기라고 하더군요. 어쨌든 농담이라도 그런 이야기는 하지 마세요. 인디고 아이들이 우주에서 받은 능력은 돈을 받고 남의 미래를 알아맞히거나 하는 세속적인 것에 그 재능을 낭비하라는 게 아니에요. 그럼 아마 그 능력이 끝까지 가진 못할 거예요. 그리고 인디고 아이들은 태어날 때부터 돈이나 그런 세속적인 것에 휘둘리지 않는 맑은 기운을 갖고 태어나서 분명히 구분되죠. 또 인디고 아이들은 태어날 때부터 천성이 맑은 상태로 세팅이 되어서 자기의 능력을 무분별하게 사용하진 않아요."

나는 J의 이 이야기를 듣고, 머쓱해졌다. 괜히 농담 한번 했다가, 나만 좀 저렴한 사람이 되는 것 같아서다. J는 또 이야기를 계속했다.

"그런데 선생님. 인디고 아이들에게도 보상은 주어져요. 제가 우주에서 받은 메시지 중에는 이런 것도 있어요. 전에도 말씀드렸듯이 인디고 아이들에게 오는 우주의 메시지는 인간의 언어가 아니에요. 그래서 문장을 읽듯이 그렇게 읽을 수는 없어요. 하지만 그 의미는 이상하게 전해오죠. 비유하자면, 마치 별빛이 무더기처럼 몰려왔다가 구체적인 의미의 코드로 나열되었다가 그 메시지를 전해주고는 흩어져서 사라지는 모습 같다고 할까요. 그래서 제가 저절로 알아차리는 거예요. 그런데 제가 이번 생이 마지막으로 지구에 남아 있는 시기라고 했잖아요? 어느 날 그 메시지와 함께 온 다른 메시지가 있는데, 제가 이번 생의 마지막에 이 지구에서 보상을 좀 받고 간대요. 제가 여러 시험대를 거쳐서 임무를 완수하고 나면, 이 지구에서 좀 누리고 가게 해준다네요. 그게 마치 제대하기 전, 말년 병장에게 주는 일종의 특별 휴가 같은 의미라고 하네요. 혹은 오랜 시간 동안 회사에 근무하고 나서 은퇴하는 사람에게 주는 특별한 공로상 같은 의미일 수도 있다고요. 그걸 제가 누리게 될 거라고, 우주는 어느 날 메시지를 통해 알려 주더군요. 저야 뭐 주면 좋은 거고, 아니면 할 수 없는 거지만, 기왕 준다고 했으니 기대는 되더라고요. 우리 인디고 아이들이야 우주가 보낸 특전사 같은 의미로 이 지구에 온 거라서 그 임무만 다하면 사실 되는 거죠. 하지만 또 우주가 어떤 특별한 보상을 준비하고 있다니, 그건 반가운 일이긴 해요. 주면 누리는 거죠."

나는 J의 말에 박수를 보냈다. 그리고 말했다.

"축하해, J야. 뭐든 보상이 따르지. 우주적 차원에서도 그 법칙이 존재하나 봐. 세상은 인과응보의 법칙이 있고, 좋은 일이든 나쁜 일이든 그걸 하면 모두 다 자기에게로 돌아오지. 어떤 의미에선 '카르마'라고 하지. 불교에선 그걸 '업보'라고 하고. 자기가 쌓은 만큼 되돌아오는 거야. 우주도 카르마의 법칙에선 벗어나지 못하는 건가 보지. 아니, 우주에 원래 카르마의 법칙이 있어서 깨달은 사람들이 그걸 세상에 설파했는지도 모르지. 그게 꼭 도덕적 일에 국한되는 게 아니라, 인과관계로서의 의미이지. 그리고 에너지끼리의 법칙이랄까. 하나의 에너지가 작용하면 꼭 그만큼의 반작용이 일어나는 법이 카르마의 원리인 것 같아."

내 이야기를 듣고 있던 J가 조용히 고개를 끄덕였다. 그리고 말했다.

"선생님, 사람과 사람 사이의 인연은 정말 무시하면 안 돼요. 옷깃만 스쳐도 인연이라는 말은 한 사람과 한 사람이 서로 주고받는 에너지의 파장을 말하는 것 같아요. 그래서 그게 인연이라는 끈으로 이어지는 거죠. 어떤 사람이 다른 사람에게 해코지한다면 그건 또 나중에 아무리 많은 시간이 흐르고 나서도 작용하는 거죠. 그러니 사람은 꼭 도덕적인 문제가 아니라, 살아가면서 다른 사람의 마음에 억울함을 쌓게 하거나, 해를 끼치면 안 되는 거죠. 그리고 모든 사람은 자기 기준에서 서로 옳다고 우기지만, 결국 그걸 최종적으로 심판해주는 건 그 삶의 결과를 보면 알게 되는 거겠죠. 그게 바로 카르마이고, 일종의 업보인 셈이죠. 우주가 그 에너지의 흐름에 따라서 반작용을 일으키는 거죠. 나중에 그 결과가 흔히 사람들이 말하는 '하늘의 심판'이겠죠. 그러니 다들 마음을 곱게 쓰고, 친구나 주변 사람들을 괴롭히면 안 되는 거죠. 또 그 반대의 좋은 인연도 일종의 카르마에요. 우리가 손을 함부로 잡아서도 안 되는 거예요. 옷깃만 스쳐도 어떤 에너지 파장이 나와서 서로 인연의 끈으로 묶이는데, 하물며 손과 손이라는 전도체가 만나면 굉장한 인연의 끈으로 묶일 수 있는 거죠. 물론 일상적인 악수를 말하는 건 아니고, 그 어떤 특별한 때가 있어요. 그 인연은 아주 질겨서 운명적으로 굳건하게 맺어진 셈이죠. 그럼 그 두 사람은 언젠가는 다시 만나게 되는 거죠. 어쩌면 운명이 그 두 사람에게 손을 잡게 한 것일 수도 있고요. 달걀이 먼저인지, 닭이 먼저인지는 그때그때 다르지만, 어쨌든 어떤 만남에서는 단지 손만 잡아도 그 두 사람은 굉장히 끈끈하게 운명적으로 결합할 거라는 우주의 메시지일 수도 있어요."

어느덧 어둠이 내려앉았다. 버스도 끊길 때가 다가오자, 우리는 전철역으로 걸어가기 위해 나란히 신호등 앞에 섰다. 주말이라 그런지 아직도 거리에는 사람들이 많았다. 특히 젊은 사람들의 그 개성 있는 옷차림이 홍대의 밤거리에 활기를 더했다. 홍대 주변은 뭔가 특별한 동네다. 그 길에 들어서는 것만으로도 신선하고 활기찬 에너지를 느낄 수 있다. 내가 서울에서 가장 좋아하는 동네는 광화문과 홍대였다. 홍대에 오면 느껴지는 에너지 덕분에 내게는 홍대의 밤공기가 더 설레고 신선하게 다가왔다.

J와 나는 천천히 걸어가면서도 계속 이야기를 나눴다. 나는 신호가 바뀌기를 기다리다가 문득 고개를 들고 밤하늘을 응시했다. 그러다가 뭔가 생각이 나서 J에게 물었다.

"J야, 너는 저 밤하늘처럼 우리가 사는 이 세계가 영원할 거라고 생각하니?"

J도 내 말을 듣고는 홍대의 밤하늘을 한참 올려다보았다. 그리고 대답했다.

"선생님, 이 세상에 영원한 게 있을까요? 다들 영원하다고 믿고 싶은 것들이 있겠지만, 또 그게 각자 다를 수 있겠지만, 속으로는 모두 알지 않을까요? 이 세상에는 영원 따위는 없다는 것을요. 그냥 자기를 속이면서 믿고 싶을 뿐이겠죠. 그렇지 않으면 살아갈 수 없을지도 모르니까요."

나는 쓸쓸하게 말했다.

"그렇겠지? 사랑도 그렇겠지. 사랑도 영원하다고 말하지만, 자기가 하는 사랑만큼은 정말 영원할 거라고 말하지만 그냥 그렇게 믿고 싶은 것뿐일 거야. 그리고 어쩌면 자기도 자기 자신에게 속고 있는 것일지도 모르지. 내가 아는 어떤 사람도 홍대의 이 거리에서 첫눈에 반한 사람을 만났대. 그런데 서로 호감은 있었지만, 고백하고 나서 거절당했다는 거야. 그러고 나서 혼자 3년을 좋아했다고 해. SNS로 서로 이야기는 많이 나눴지만, 딱 한 번 보고 3년을 혼자 사랑에 빠져 있었던 거지. 그 사람은 곧 다른 사람과 결혼을 해버렸지만, 이 지인은 계속 혼자 사랑을 했던 거야. 강렬한 운명 같은 사랑을 혼자서 간직한 거지. 그러면서 그 사람의 SNS를 들락거리면서 드라마를 지켜보듯 그 사람의 일상을 감상한 거야."

J가 흥미진진한 이야기라는 듯이 나의 다음 말을 재촉했다.

"그래서요? 어떻게 되었나요?"

내가 계속 이야기를 이어갔다.

"그런데 말이야. 반전이 일어났어. 내 지인은 3년쯤 지난 후에야 깨달았어. 자기가 사랑에 빠졌던 사람은 자기의 상처를 잊기 위해 상상해 만들어 놓은 신기루에 지나지 않는다는 것을. 시간이 흘러가자 내 지인은 현실을 깨닫기 시작한 거지. 한 번밖에 만나지 않았기에 자기의 최고 이상형으로 그 사람이 결국 포장되어 있다는 것을. 현대의 IT 기술이 허락해준 시혜로, 다른 사람의 일상을 드라마 지켜보듯이 시청해온 내 지인은 어느 날, 자신의 이상형이 올린 한 장의 사진을 보고 결정적으로 깨달음을 얻었대. 그건 내 지인이 사랑해왔던 사람의 현재 모습이었지만, 자기가 사랑했던 그런 사람이 아니었던 거지. 예를 들면, 지인이 그 사람과 대화를 나누고 했을 때 색깔이 보라색이었다면 SNS에 올라오는 그 사람의 일상을 통해 본 색깔은 분홍색이었다는 거지. 다른 색깔의 사람이었던 거야. SNS가 선사해주는 드라마는 흥미진진하게 흘러가서 때로는 여러 모습이 방영되었던 셈이야. 그리고 내 지인이 한번 보고 첫눈에 반했던 그 모습과는 다른 숨겨진 모습들이 결국엔 나타난 거지. 사람이 시간에 따라 변해가는지, 아니면 원래 모습인지는 몰라도 내 지인은 깨달았어. 모든 게 허상일 수도 있다는 것을. 그리고 지난 3년 동안 그 사람의 사소한 행동이나 말들, 그리고 SNS에 올라왔던 사진들과 블로그에 있었던 글들의 조각들로 울고 웃었던 자기의 삶이 일종의 '트루먼 쇼' 같았다는 걸 알게 된 거지. 스스로 만든 '트루먼 쇼'인 셈이지. 그 사람이 자기 세상의 중심이 되어 자기감정을 조종하고, 분노하게 하고, 흥분하게 하고, 때로는 즐거워하게 하고, 행복하게 하고, 슬퍼하게 하던 그 시간. 그 속에서 한 장의 결정적인 사진으로 일시에 해방되자, 내 지인은 비로소 '자유로움'을 느꼈대. 그리고 영화 〈트루먼 쇼〉의 마지막 장면처럼 자기도 결국 그 탈출구의 문을 용기 내어 열었던 거지. 내 지인은 이 이야기를 내게 털어놓으면서 세상에 태어나서 가장 해방감을 맛

본 순간이 바로 그때였다고 하더군. 아이러니하게도 사랑의 신기루에서 빠져나오자, 이제 더는 아무것도 자기를 속박하는 것이 없어졌다는 거야."

끝까지 나의 이야기를 잠자코 듣고 있던 J가 불쑥 이렇게 말했다.

"선생님, 사실은 어쩌면 그 지인분의 사랑하는 감정뿐만 아니라, 다른 모든 것들에도 우리가 속고 있는지 몰라요. 우리는 익숙함 때문에 못 느끼고 있지만, 조금만 깊이 생각해봐도 그걸 알 수 있죠. 선생님이 예전에 이야기해줬던 것처럼 지금 이 세상에서 우리가 보고 있는 색깔도 본래는 그 자체의 색깔이 아니잖아요. 그 물체가 갖고 있는 색이 아니라, 그 물체가 반사하는 색깔일 뿐인데도, 우리는 그냥 저 초록나무, 저 보라색 의자라고 이야기를 하는 거죠. 게다가 우리는 사람 몸에 익숙해져 있어서 일상적으로 사람의 모습을 봐도 이상하게 생각을 하지 않죠. 그렇지만 정말 태어나서 처음 보는 마음으로 사람의 몸을 보면 긴 팔과 손, 그리고 그 몸통이 정말 괴상하게 생긴 거예요. 우리가 마치 영화에서 외계인의 모습을 봤을 때 느꼈던 그 기괴함과 같은 느낌을 어쩌면 받을지도 모르죠. 정말 엄밀하게 우리 인간의 몸을 처음 대면한다면 진짜 기괴한 모

습, 그 자체가 아닐까요? 그렇지만 우리는 다들 그 익숙함에
속고 있는 셈이죠."

J의 이야기를 듣고 보니 정말 그런 것 같았다. 생각해보니,
우리가 또 속고 있는 사실이 생각났다. 그래서 나는 그걸 J에
게 이야기해주었다.

"J야, 네 이야기를 듣다 보니, 나도 한 가지 생각나는 게 있
어. 사람들은 음식이 보통 맛있어서 우리가 먹는다고 생각하
지 않니? 그래서 배가 고프지 않을 때도 음식을 먹고, 식탐
이 있는 사람들도 많고. 그런데 말이야. 내가 한동안 다이어트
를 하고 식단관리를 하면서 느낀 건데, 음식에도 우리는 속고
있는 것 같아. 내가 대략 일 년 이상 담백한 음식으로 식단관
리를 해보니까, 이제까지 내가 음식에 속았다는 생각이 들었
어. 음식 재료만 볼 때 그 자체로는 맛있지 않아. 그 고유의 음
식 재료를 그대로는 우리가 먹을 수 있지만, 맛이 있지는 않
아. 우리는 그 재료에 온갖 단맛과 짠맛, 매운맛 등 각종 양념
을 첨가하여 맛있는 맛으로 포장해서 우리 혀의 감각을 속이
지. 그래서 우리는 음식에 탐닉하게 되는 셈이야. 이를테면 거
짓에 속고 있는 거지. 본질의 맛이 아니라, 포장된 맛에 말이
야. 만일 재료 그 자체로 음식을 즐긴다면 절대로 폭식하거나

과식할 수 없어. 몸이 필요한 만큼만 먹지, 그 이상을 욕심내지는 않게 되거든. 우리는 음식에도 그 본질을 망각하고 현상에 속고 있어. 우리가 음식에 대해서 이러한 통찰을 정확하게 한다면, 절대로 음식에 휘둘리지는 않을 거야. 그러니 보이는 모습만 보지 말고, 그 뒤의 세계, 본질에 대해서 통찰하는 습관을 길러야 해. 그래야 세상을 정확하게 볼 수 있어. 우리는 '트루먼 쇼'에서 탈출할 수 있는 용기를 가져야 하고, 그걸 깨달았으면 그 문을 열고 그 세계 속에서 빠져나와야 해. 그래야 계속 가짜에 의해 조종되는 자기 삶을 구원할 수 있는 거야."

J는 갑자기 짝짝짝, 하고 손뼉을 쳤다. 그리고 외쳤다.

"브라보! 선생님, 대단하시네요. 선생님은 이제 '하산'하셔도 될 것 같군요. 하하하."

J의 이 웃음소리가 밤하늘을 가르며 메아리치자, 갑자기 네온사인들이 다 뛰쳐나와 춤이라도 추듯이 홍대 밤거리가 번쩍거렸다. UFO라도 쳐들어온 것 같았다. 우주 전쟁이라도 일어난 걸까. 빛나는 광선들이 홍대의 밤하늘을 수놓았다. 나는 깜짝 놀랐다. 그리고 여전히 커다란 소리로 웃고 있는 J를 보고 물었다.

"지금 이게 무슨 상황이야? 왜 갑자기 온 거리가 우주 전쟁이라도 일어난 듯이 번쩍대고 있을까? 너는 왜 또 계속 웃고 있는 거야? J야, 이게 정말 무슨 일이지?"

큰소리로 웃고 있던 J가 갑자기 표정을 바꾸면서 내게 말했다.

"선생님, 아직도 제가 J로 보이세요?"

나는 J가 장난치는 줄 알았다. 그래서 말했다.

"에이, J야. 장난치지 마. 지금 너무 수많은 색채의 빛들이 번쩍거려서 정신이 없단 말이야. 너까지 왜 장난치는 거니?"

나는 J를 조금 책망하듯이 말했다. 그러자 J가 엄숙한 얼굴로 변했다.

"선생님, 제가 누구로 보이세요? 잘 한번 보세요."

그 말을 듣고, 나는 J의 얼굴을 찬찬히 들여다보았다. 하얗고 동그란 얼굴이 그러고 보니 눈에 많이 익었다. 내 기억들이 뱅글뱅글 돌기 시작하면서, 어린 시절의 내 모습이 떠올랐다. 그렇다. J는 나를 많이 닮아있었다. 그런 내 생각을 읽은 듯이, J가 외쳤다.

"선생님, 바로 제가 선생님이잖아요. 저는 따로 존재하지 않아요. 바로 제가 선생님이라니까요!"

나는 정신이 혼란스러워졌다. 그럼 지금까지 나는 어디에 있었던 것이며, J와 나눈 그 수많은 대화는 무엇이었을까. 그러자 또 J가 외쳤다.

"선생님, 선생님은 그동안 계속 독백을 하고 있었던 셈이에요. 저는 선생님 꿈속에 나오는 선생님 자신이라고요. 꿈은 꿈꾸는 사람이 여러 가지 가면을 쓰고 다양한 역할을 하면서 자기의 상처를 치유해가는 과정이에요. 혼자 하는 연극과도 같은 거죠. 선생님은 이제까지 그 연극을 하신 거예요. 모노드라마라고도 할 수 있죠. 선생님은 지금까지 저와 선배, 지인 등 1인 다역을 연기하신 거라고요. 아시겠어요? 선생님, 지금 선생님은 아주 긴 꿈을 꾸고 있는 거라고요. 이제 선생님이 스스로 상처를 치유하는 작업을 다 마쳐서 이렇게 제가 가면을 벗어버린 거고요. 자, 이제 꿈에서 깨어나세요, 선생님. 선생님은 이제 자기가 말한 것처럼 '트루먼쇼'의 그 문을 열고 과감하게 나아가야 해요. 영원 따위는 없어요. 선생님이 홀로 하는 사랑도 영원하지 않아요. 너무 외롭고 힘들어서 선생님은 그 사랑하는 감정에 집착한 거라고요. 그렇게라도 하지 않으면 스스로 이 삶을 견뎌낼 수 없을 것 같아서요. 하지만 저와 대화하면서 상처를 하나씩 치유해간 거죠. 그러니 이제 그 영원이라는 환상에서 깨어나세요. 물론 그러려면 트루먼처럼 큰 용기가 필요하겠죠. 왜냐하면 지난 세월이 너무 부끄러우니까요. 세상에 둘도 없는 그 사랑 때문에 울고 웃었던 그 시간이 너무 허무하겠죠. 그리고 헛웃음밖에 안 나오겠죠. 사랑이라는 신기루에 배신당하고 나서 선생님은 인정하기 싫었던 거예요. 사랑이 영원하지 않다는 걸 인정해버리는 순간, 선생님은 스스로 이 세상을 헤쳐나갈 수 없을 것만 같아 혼자 계속 믿고 싶었던 거죠. 스스로 속이고 있다는 사실을 인정한 순간, 이 세상은 달콤한 사랑의 세계가 아니라 절망만 가득한 세상으로 잔혹하게 바뀌어버린다는 걸 누구보다도 잘 알기 때문이죠. 하지만 그 가짜의 세계를 깨달았으면 과감하게 인정하세요. 그편이 자기 자신을 자유롭게 해줘요. 영원한 건 때로는 속박이에요. 그 거짓에서 탈출하세요. 그래야 선생님도 트루먼처럼 진정한 자유를 얻을 수 있을 거예요."

나는 모든 것이 와르르, 하고 무너지는 걸 느꼈다. 나를 둘러싼 모든 세계가 무너졌다. 산산조각이 났다. 그 조각난 파편들에서 J가 보였고, 나의 대학 선배가 보였고, 내 지인이 보였고, 나 자신이 보였다. 결국엔 그들은 한 존재였다. 나는 정말 머리가 빙글빙글 도는 것 같았다. 모든 게 끝난 느낌이었다. '끝'이었다. 영원할 거라고 믿었던 내 사랑도 끝이 났고, 그 사랑

덕분에 충만하게 채워졌던 나의 행복도 모래성처럼 흘러내렸다. 이제 나의 세상은 정말 그야말로 '끝'이 났다. 하지만 이상하게도 자유로움을 느꼈다. 무척 창피한 기분도 순간 들었지만, 끝없는 해방감이 밀려왔다. 무언가 다시 '시작'되는 느낌이었다. 나만의 온전한 세계가 시작되는 기분이었다. 아무에게도 기대지 않고, 온전히 순수하게 나의 존재로만 이루어진 세계가 펼쳐진 것 같았다. 거기에는 사랑이라는 신기루도 없었고, 영원이라는 개념도 없었지만 끝없는 바다 같은 자유가 놓여 있었다.

나는 드디어 꿈에서 깨어났다. 그리고 가짜의 세계를 걷어내고 진짜 나의 세계로 발을 딛고 나아갔다. 물론 큰 용기는 필요했다. 한평생 나 혼자서 살아간 적은 한 번도 없었으니까. 나에겐 항상 나를 보호해줄 상상의 세계라는 껍데기가 있었다. 그 세계를 나는 알을 깨고 나오는 어린 새처럼 힘차게 용기라는 발길질을 해서 깨고 나왔다. 생각만큼 허전하지 않았다. 나는 많이 자라 있었다. 단단하게 영글어 있었다. 일단 그 껍데기를 깨고 나오니까, 나는 오히려 이전보다 더 자유로워졌다.

'인생은 가까이서 보면 비극이지만, 멀리서 보면 희극이다'
라는 유명한 말이 있다. 그 말 그대로 내가 자신의 감정에 빠
져서 허우적거릴 때, 내 인생은 정말 비극 그 자체였다. 하지
만 한 발자국 떨어져서 보니까, 희극 그 자체이다. 이제까지
내 삶을 돌아보니 정말 우스웠다. 때로는 자신의 세계에서 주
인공의 역할을 벗어나 관객으로서 자신을 바라본다면 아주 색
다른 묘미를 느낄 수 있을 것이다.

　나는 꿈속에서 J에게 말한 대로 광고회사로 자리를 옮겨서
광고 카피라이터 일도 하면서 광고 기획 일을 같이했다. 그러
다가 결국 내가 자리 잡은 데는 출판사였다. 서울에서 내가
가장 좋아하는 동네인 광화문에 있는 출판사에서 그 첫걸음
을 떼었다. 그리고 나는 출판 일을 계속하면서 이 일이 내가
가장 싫증을 느끼지 않을 일이라는 걸 어렴풋이 알아차릴 수
있었다. 더 나아가서 결국 책을 편집하고 만드는 일보다 내가
더 생생하게 살아있다고 느끼게 해주는 일을 찾았다. 바로 글
을 쓰는 일이었다. 그러고 보면 이 작가라는 업이 그렇게 낯
설지는 않았다. 나의 최종 종착점이 바로 나의 출발점이었던
셈이다. 나의 '끝'은 이렇게 그 '시작'과 맞물려 있었다.

　청소년 때 신춘문예에 도전했다가 떨어져서 접었던 그 꿈을

나는 이렇게 다시 맞이했다. 이제는 실패에 대한 두려움을 극복하고, 내가 가장 원하던 길로 걸어가기로 했다. 나는 고해성사를 하는 마음으로 이 글을 쓰고 있다. 지난 세월에 대한 일종의 자기 고백인 셈이다. '영원'을 찾아서 헤맸던 그 시간 속에서 내가 찾은 건 결국 '자유'였다. 그 방황의 종착역에는 '자유'가 기다리고 있었다. 그 자유 속에서 이제 나는 진짜 사랑을 하고, 진짜 꿈을 실현하고, 진짜 나를 만들어가려고 한다. '끝과 시작', 그리고 내가 스스로 만들어내는 그 '영원'을 위하여 나는 앞으로 나아가려고 한다.

'나는 인디고 아이다'라는 고백을 하면서, 이 세상에 존재하는 많은 다른 인디고 아이들이 자신의 정체성을 빨리 깨닫고 알에서 깨어나기를 바란다. 그리고 학부모, 선생님들도 그 이름은 앞으로 달라지더라도 '별에서 온 아이들'이나 '별의 씨앗', 혹은 또 다른 이름이거나, 어쨌든 인디고 아이들을 혹시라도 발견한다면 그들이 자기의 재능을 맘껏 발휘하도록 좋은 안내자가 되어주면 좋겠다. 인디고 아이들은 더욱 유리 같은 존재들이라 깨어지기 쉽다. 인디고 아이들이 잘 자라서 이 세상에 좋은 쓰임이 되는 나무로 '성장'하기를 바란다. 그들이 자기의 별에 돌아가는 그날까지, 자기의 책무를 다하는 그날까지, 그들이 제대로 '성장'하는 그날까지 우리는 인디고 아이들을 응원해야 한다. 그래야만 그들은 이제 '나는 인디고 아이다'라고 당당하게 말하면서 여러분 앞에 주저 없이 나서게 될 것이다.

〈끝〉

나는 인디고 아이다

초판 1쇄 인쇄 2021년 4월 7일
초판 1쇄 발행 2021년 4월 16일

지은이 조선우
펴낸이 조선우
펴낸곳 책읽는귀족

등록 2012년 2월 17일 제396-2012-000041호
주소 경기도 고양시 일산서구 대산로 123, 현대프라자 K일산비즈니스센터 342호(주엽동)
전화 031-944-6907 | **팩스** 031-944-6908
홈페이지 www.noblewithbooks.com | **E-mail** idea444@naver.com

책임 편집 조선우
표지 디자인 공간42
Photo by CHO SUN WOO

값 13,500원 | **ISBN** 979-11-90200-23-3 (43810)